ベリーズ文庫

クールな御曹司の甘すぎる独占愛

紅カオル

JN167575

STARTS
スターツ出版株式会社

目次

お得意様に恋は厳禁

空にひらめく稲妻《いなずま》のごとく一瞬。春川奈々《はるかわなな》のここ一年は、まさにそのように過ぎ去った。自分の周りの時間だけが十倍速くらいで進んでいるような感覚。自宅のカレンダーは三月のままだったが、いつの間にか十二ヵ月と少しが経ってしまい、四月を迎えた昨夜《ゆうべ》、ようやく今年のものに取替えた。

「それでは、本日も一日よろしくお願いいたします」

フレアスカートの黒いスーツを着た奈々が頭を下げると、後ろでひとつにまとめた黒髪が肩先から前へ垂れる。愛らしくパッチリとした二重瞼《ふたえまぶた》に笑みを乗せると、前に並んだスタッフたちも一斉に「よろしくお願いします」とお辞儀《じぎ》を返した。

創業は大正八年、今年でちょうど百年を迎える老舗《しにせ》和菓子店『光風堂《こうふうどう》』。奈々はそのひとり娘として二十七年前に生を受けた。

奈々の曾祖父《そうそふ》が行商《ぎょうしょう》でおはぎを売り歩いたのが始まりで、空襲で一度は焼けた店舗を戦後すぐに再建。数年前に外資系高級ホテル『エステラ』のテナントとして移転してからは、カフェも併設している。

利便性の高い大手町《おおてまち》にある外資系のホテル・エステラは、日本人はもちろん多くの外国人が訪れる。開放感のある高い天井《てんじょう》、落ち着いた色調《しきちょう》のモダンインテリアは高級感に溢《あふ》れ、三十七階建ての外観は都会に浮かぶ天空リゾートさながら。

光風堂はその一階の一角に小さな店をかまえている。ホテルの中庭が見える大きな窓からは柔らかな日が差し込み、白を基調とした洗練されたインテリアをより上質なものに映す。高い天井から吊《つ》り下げられた照明は、オレンジ色の温かな光を発しており、とても癒《いや》される空間だ。店の入口付近にはレジカウンターと幅二メートル弱のショーケース。そこには繊細な色合いをした数種類の和菓子が並ぶ。

カフェスペースには二人掛け用のテーブルが八席。テーブルを移動して繋《つな》げ、四人掛けにもできる仕様だ。こぢんまりとした店だが、大きな窓から美しく手入れの行き届いた中庭が見渡せるため、閉塞《へいそく》感はない。

オープン時間の午前十一時まであと少し。奈々が腕時計で時間を確かめたその時。

「奈々さん、そこの照明が切れているんです」

そう声をかけてきたのは、サービススタッフの平井明美《ひらいあけみ》だった。彼女は、半年前に光風堂の一員になったばかり。二十五歳の明美は制服を着たら女子中学生に見えるほど童顔で、可愛いらしい顔立ちをしている。

ダークブラウンのタイトスカートに真っ白いシャツという、どちらかといえばシックなスタイルの光風堂の制服は、彼女が着ると子供が背伸びをして母親の洋服を着ているようにも見える。実際、外国のお客様から子供と間違われたこともあるくらいだ。身長百六十センチの奈々の鼻先くらいしかない小柄な体型も、その幼さに拍車をかけているように思えた。

そこまで言ってしまうと明美は頼りないスタッフのように思うかもしれないが、実は英語にフランス語、イタリア語まで堪能な帰国子女なので、光風堂にとっては必要な人材でもある。何しろここは、外資系高級ホテルの一角。半数は外国からのお客が来店する。

「どこの照明？」

奈々が明美のあとを追っていくと、店内中央にあるラウンジチェアの脇に置かれたフロアランプが確かに切れていた。

（ついさっき見て回ったのに。私ってば、何をチェックしたんだろう）

自分が見落としたことに軽く気落ちしながら、厨房《ちゅうぼう》の隣に併設されたスタッフ用休憩室に在庫を取りに行く。

奈々にとって、和菓子は子供の頃から身近な存在だった。人形遊びをする代わりに、父の隣であんこ玉を丸めた。三時のおやつといえば、ホットケーキやプリンなどではなく父の作ったくずきりや草団子。生クリームよりも口にする機会は格段に多かった。

将来は父のような和菓子職人になる。自然な流れでそう思っていた。ところが父は『一度は会社勤めをして、社会も見ておくべきだ』と、大学卒業を控えた奈々に一般企業への就職を勧めた。

幼い頃から両親の意見を素直に受け入れてきた奈々は、父がそう言うのならと、国内では中堅クラスの不動産会社で働き始めた。仕事はそれなりに忙しかったが、合間を縫《ぬ》って和菓子職人としての経験も積みながら二年半が過ぎた時に転機は訪れた。奈々の母が病気で急逝《きゅうせい》したのだ。

いよいよ父に光風堂を手伝ってほしいと頼まれ、会社を辞めて、幼い頃からの夢だった和菓子の世界に飛び込んだ。

そうして少しずつ腕を上げていた矢先、今度は父が病に倒れ、あっけなく天に召された。母を亡《な》くし、奈々が職人としての一歩を踏み出してから、まだ一年しか経っていなかった。

遺《のこ》された老舗和菓子屋と経験の浅い奈々。悲しみに暮れている時間はなかった。両親が大切にしてきた光風堂をなくしたくない。なくすわけにはいかない。奈々はそんな思いだけで、この一年を過ごしてきた。どんな毎日だったかも、はっきり思い出せないほど無我夢中《むがむちゅう》だった。それでも頑張れたのは、和菓子が大好きだから。とにかく店を潰したくない一心だった。

それなのに、店の管理面で見落としがたまにある。照明が切れていることに気づかないのもそう。

父が亡くなる以前、奈々は和菓子の製作だけを考えていればよかったが、今は店全体を見なくてはならない経営者。ところが店舗やスタッフのことはもちろん、経営に関しては素人《しろうと》同然で、ここ一年の売上は緩やかな右肩下がりが続いている。エステラの近くに京都の老舗和菓子屋が開店した影響も少なからずあるだろう。その実情はわかっていても、打開策を見いだせていないのが現状。

このままだと光風堂は潰れちゃう……。

奈々はどんどん自信を失いつつあった。

奈々がフロアランプの交換を終えると、ちょうどお客がひとり飛び込んできた。濃紺のスーツに身を包み、すらっとした長身の爽やかな男性である。歳は二十代後半くらいだろうか。その彼がキョロキョロと店内を見渡す。

「お待ち合わせですか？」

奈々が声をかけると、男性はハッとしたように振り返った。

「あ、いえ、ここにクラブハウスサンドは……ないですよね。店を間違えたかな」

目にとめたショーケースに並んでいるのが和菓子だと気づいた彼は、「確かに光風堂って言っていたんだけどな」と頭をかく。

「それでしたら、こちらでお出しできますが……」

和菓子専門店ではあるが、それだけではカフェのメニューとしては不充分。コーヒーや紅茶はもちろん、サンドなどの軽食も出している。むしろ、そっちの売上のほうが高いのが奈々にとっては悩みの種なのだ。

奈々の言葉に彼の顔がパッと明るくなった。

「そうですか！　よかった」

「では、お席にご案内いたします」

明美がすかさずテーブル席へ案内しようとすると、彼は「いえ、違うんです」と制するように右手を前へ出した。

「テイクアウトはできますか？」

「もちろんでございます。ご注文はどちらのサンドになさいますか？」

光風堂で出しているクラブハウスサンドはトマトと玉子の二種類。カリッと焼いた胡桃《くるみ》パンにトマトとレタス、サラダチキン、それにチーズを挟《はさ》んだものと、トマトの代わりに玉子とアボカドを挟んだもの。どちらも具材が多くボリュームがあり、お腹が満たされるメニューである。

「えっとそうだな……。それじゃこっちをお願いします」

明美の差し出したメニュー表を彼が指で差す。

「トマトのほうでございますね。かしこまりました。では、こちらで少々お待ちくださいませ」

「あの……それを〝鳳凰《ほうおう》の間〟の控え室に届けられないですよね？」

レジに一番近いテーブル席を案内しようとすると、男性は恐縮しながら明美の反応を見つつ尋ねた。

鳳凰の間といったら、五階にある披露宴《ひろうえん》会場としても使われるホールだ。

明美がチラッと送ってよこした視線に「大丈夫よ」と口パクで言いながら奈々が頷《うなず》く。それを見て安心した明美は、お客に目線を戻した。

「はい、お届けいたします」

「いいんですか？」

「はい。ただ、お支払いはこちらで済ませていただきたいのですが」

「それはもちろんです。でもよかった。実は大至急、会社に忘れ物を取りに行かなきゃならなくて」

彼によると今日の午後、エステラでセミナーを開催する予定になっているが、大事な資料を忘れてきたので取りに行きたいとのこと。控え室にいる水瀬《みなせ》という男性にサンドを届けてほしいと言う。

彼はサンドとコーヒーの代金を名刺と一緒に置いて、人懐《なつ》こい笑みで「よろしくお願いします」と頭を下げていった。

明美が受け取った名刺を覗《のぞ》き込むと、〝『ネクサス・コンサルティング』柳健太郎《やなぎけんたろう》〟とある。

ネクサス・コンサルティングといえば外資系のコンサルティング会社で、最近はメディアでも頻繁《ひんぱん》に名前を見聞きする有名な企業だ。

以前、奈々は経済系の雑誌で日本人ＣＥＯのインタビュー記事を読んだことがある。クライアントはＩＴ企業からサービス業、金融機関にいたるまで様々で、その業界では世界でも五本の指に入ると書かれていた。

そんなにすごい会社がここでセミナーを開くなんて、さすがはエステラ。

そうして奈々が感心しているうちにクラブハウスサンドができあがる。立て続けにお客が来店したため、接客のある明美に代わり、奈々が届けることとなった。

エレベーターを五階で降り、トレーに乗せたコーヒーをこぼさないよう、絨毯《じゅうたん》の敷かれた通路を慎重に歩く。指定された鳳凰の間を左手に見ながら通り過ぎ、その隣の控え室のドアをノックする。扉の向こうから「どうぞ」と声が聞こえたので、「失礼いたします」と頭を下げて中へ入った。

「水瀬様でいらっしゃいますか?」

窓辺に立ち、こちらに背を向けた状態の男性に、奈々が問いかける。すると、電話中だった彼は振り向いて手をひらりと上げ、待つようにといったジェスチャーをした。

ベージュを基調とした控え室は十畳《じょう》ほどの広さで、長く細い木製デスクが壁に沿って配置されている。奈々はそのデスクにいったんトレーを置き、彼の電話が終わるのをドア付近で待つことにした。

先ほど店に来た柳はこれからセミナーがあると言っていたから、電話中の彼も関係者だろう。

彼と奈々との距離は、およそ三メートル。顔はチラッとしか見えなかったが、すらりとした長身で手足がとても長い。柳も背は高かったが、その彼よりも高い印象。ネイビーブルーのスーツはおそらくオーダーメイドだろう。彼の身体《からだ》のラインにぴったりである。流暢《りゅうちょう》な英語で通話する姿が様になっていた。

しばらくして通話を終えた彼がこちらに振り返った。その顔に奈々は一瞬で目を奪われる。

涼やかで柔らかい微笑《ほほえ》みを浮かべた目元は知性を感じさせ、鼻筋はみごとなまでに通っている。無造作にまとめたヘアスタイルはクセ毛のある栗色。王子様が現実にいたらこんな感じだろうと思わせる甘いマスクだった。

呆《ほう》けたようにする奈々に気づき、彼が「クラブハウスサンド、持ってきてくれたのかな？」と小首を傾《かし》げながら近寄ってきた。

「あ、はいっ」

激しく瞬《まばた》きを繰り返し、奈々は首をひと振り。彼が腰をかがめて顔を覗き込むから、奈々の頬《ほお》が熱を帯びた。

「先ほど柳様から仰《おお》せつかりまして、こちらのサンドとコーヒーを。……あ、申し遅れました。光風堂の春川と申します」

トレーを彼のほうへ滑らせ、頭を下げる。

奈々のすぐ目の前に立った男性は、「ありがとう」と言いながらクスッと笑みをこぼした。鼻に皺《しわ》を寄せた表情が可愛らしく見えるのに、それでいてしっとりとした眼《ま》差《なざ》しには色香《いろか》がある。なんて笑顔が魅力的な人だろう。

奈々がつい見惚《と》れていると男性が胸元から名刺を取り出したので、奈々は反射的に手を出した。

「水瀬　晶《あきら》です」

「水瀬、晶さん……」

彼の言葉を繰り返しながら名刺を見る。

そこには柳と同じように〝ネクサス・コンサルティング〟の社名のほかに〝東京支社長〟の肩書きが添えられていた。

若そうに見えるのに世界に名を馳《は》せる大企業の支社長だなんて……。とんでもないエリートだわ。

「これからセミナーがあるとお聞きしましたが、水瀬さんが講師をされるんですか？」

「よくご存じで」

水瀬がニコッと微笑む。

「先ほどお店にいらっしゃった柳様がおっしゃっていました」

「こんな若造が講師？って思うよね。三十一歳だと支社長の箔《はく》がないかな」

「いえっ、それはぜんぜん！」

肩をすくめておどける水瀬に、奈々は慌てて否定した。

それは嘘《うそ》ではない。さっき電話で話していた内容は英語で、専門用語が出てきた部分もあり、奈々が理解できたのは半分程度。それでも頭が切れ、相手を納得させる話術を持った人だと端々から感じられた。世界でも有数のネクサス・コンサルティングの支社長なのだから、よほどの人物なのだろう。

「本当？」

「はい」

水瀬に再び顔を覗き込まれ、奈々はドキッとしながら顎《あご》を引いて頷いた。

光風堂には当然ながら男性客も多く訪れる。外資系高級ホテル内のため、それこそ洗練された一流と呼ばれる男性が。奈々はいわゆるイケメンに免疫がないわけではない。でも、水瀬はそれらの人物とはまた一線を画《かく》した容姿の持ち主。眉目秀麗《びもくしゅうれい》とは彼のような人をいうのだろう。

自然と熱くなる頬を隠したいが、ナチュラルメイクでは限界。それを悟ると、さらに熱をもつから困ったものだ。

「それはよかった」

水瀬が胸に手をあてて破顔《はがん》する。大げさに見える仕草《しぐさ》なのにぜんぜん嫌味じゃない。むしろ素敵にすら見えるのは、その類稀《まれ》なる容姿のせいなのか。

奈々はどぎまぎして、どうしたらいいのかわからなかった。

「三年ぶりに日本へ帰ってきたんだけど、久しぶりに光風堂のクラブハウスサンドが食べたいと思って。でもセミナーの準備でここを離れるわけにはいかないから、秘書の柳にお願いしたんだ」

「以前にも、うちにいらしたことがあるんですか？」

「その時も差し入れでいただいたもので、直接お店には行ってないんだけどね」

確かに店にあるメニューの中でも、サンドは人気がある。今や和菓子を食《く》ってしまう勢いだ。しかし、水瀬はもしかしたら、光風堂が和菓子店だとは知らないのかもしれない。

「うちは和菓子を扱っているお店なんです」

「え？」

奈々の読み通り、水瀬は普通のカフェだと思っていたようだ。美しいアーモンド形の目を驚いたように見開く。

「それは知らなかったな。どういった和菓子を置いてるの？」

「季節の練り菓子ですとか、寒天を使った流し菓子。どら焼きなどの焼き菓子もございます。餡やもち粉《こ》を使った練り菓子は、ひと口サイズの大きさでとても食べやすいと好評なんですよ。今の季節ですと、桜もちと菜の花もちがおすすめです」

四月の始まりにぴったりの桜もちと菜の花もちは、その名の通り、桜色と黄色が目にも美しい和菓子である。

「生クリームはあまり食べないけど、あんこは好きなんだ」

「そうなんですね」

和菓子と洋菓子のどちらが好きかという調査をしたある統計によると、全体ではほぼ五分五分なんだそう。でも、男性に限ると和菓子のほうが少し上回るそうだ。

「まんじゅうの中に入っているあんこ。あれはもともと塩味のひき肉だったんだって」

「よくご存じですね」

まさにその通りである。

「祖父の受け売りだけどね」

感心する奈々に水瀬が照れて頬をかく。

幼い頃、祖父母の住む家に遊びに行くと、決まってまんじゅうや最中《もなか》を出されたという水瀬。まんじゅうを頬張りながら、そんな話を聞いたと言う。

「諸説あるようですが、まんじゅうはその昔、中国から伝わったといわれているんです。当時の中国では、まんじゅうに詰める具材といえば肉だったそうで」

「それがどうして甘いあんこになったのか、子供心に不思議で仕方なかったよ」

現代であんこといえば甘いもの。まんじゅうの中に入っている〝餡《あん》〟が肉だったといわれてピンとこないのは当然だろう。

「中国からやってくる食材の多くは、日本のお坊さんたちが真似《まね》して料理をしていたそうです。ただ彼らには肉を食べてはいけない決まりがあって、その代わりに畑で採れる小豆《あずき》をゆでて餡にしたそうで」

「なるほど。そういうわけだったのか」

水瀬が大きく頷く。

「その餡も最初は塩で調味していたそうですが、そのうちにツタの樹液を煮詰めた〝甘葛《あまずら》〟で甘みをつけたようなんです。砂糖が広く使われるようになった江戸時代あたりから、今のようなあんこに……って、すみません」

初対面の人を相手に長々と語ったことに気づき、奈々がハッと口をつぐむ。水瀬がいいタイミングで相槌《あいづち》を打ち、感心してくれるからつい調子に乗ってしまった。

「春川さんは和菓子が本当に好きなようだね。光風堂で働いて長いの？」

「あ、いえ、働くというか……経営しているんです」

自信なくボソボソと答える。オーナーに見えないのは、奈々自身もよくわかっていた。水瀬は奈々を従業員だと思ったのだろう。

「それは失礼なことを言ってごめん」

申し訳なさそうに眉尻を下げる水瀬に、奈々は「大丈夫です」と手をひらひらと振る。そしてもう片方の手でポケットから名刺を取り出し、それをそっと彼へ向けた。

「光風堂の春川奈々です」

「奈々さん、ね」

それを両手で丁寧に受け取った水瀬が柔らかく微笑む。つくづく素敵な笑顔だと、奈々は密かにドキドキした。

「セミナーが終わったら光風堂に寄ってみようかな。奈々さんおすすめの桜もちと菜の花もちが無性に食べたくなった」

「本当ですか？」

和菓子に興味を持ってもらえて嬉《うれ》しく、奈々は両手を胸の前で握りしめた。

「あそこまで語られたら食べないわけにはいかないからね」

水瀬から投げられたウインクにドキッと鼓動《こどう》が弾《はず》む。

イケメンとはなんて罪な生き物なのだろう。仕草や言葉のひとつひとつが、こんなにも心を揺さぶるのだから。奈々の心臓はさっきから忙《せわ》しない動きをしっぱなしだ。

「あれ？　俺が頼んだのはアボカド入りだったんだけど」

不意にサンドに視線を向けた水瀬がポツリと呟《つぶや》く。

「そ、そうだったんですか。申し訳ありませんでした。では、すぐに作り直してまいります」

柳が指差したのを明美が見間違えたのかもしれない。

奈々が急いで踵《きびす》を返そうとすると、水瀬は「いや、大丈夫」と即座に引きとめる。

「奈々さんが謝る必要はないよ。柳が間違えたんだろう。そそっかしいんだ。秘書なんだから、もうちょっと落ち着いて行動してくれるとありがたいんだけど」

水瀬はそう言ってクスッと笑った。

そういえば会社に忘れ物をしたと、慌てて店を飛び出していったっけ。

ついさっきの柳の様子を思い返し、奈々も微笑む。

「作り直さなくてもよろしいんですか？」

「もちろん。こっちも美味《おい》しいに違いないからね」

「ありがとうございます」

奈々が軽く頭を下げた時だった。勢いよく控え室のドアが開け放たれたかと思えば、そこから柳が飛び込む勢いで中へ入ってきた。

まだ三十分と経っていない。会社はホテルから近いようだ。

「ただいま戻りました！」

書類の入っていそうな封筒を胸に抱え、奈々に気づいてハッとする。

「サンドを運んでいただいてありがとうございました」

「いえ、こちらこそありがとうございました」

奈々が下げた頭に反応して柳も深く頭を下げる。すると抱えていた封筒が逆さになり、中から書類がパラパラとフロアに散らばった。

「わわ！」

慌てて拾い始めた柳。奈々も自分の足元までひらりと舞った書類を拾い上げ、柳に手渡した。そして、「ね？」と言った水瀬と顔を見合わせる。

そこに〝ほら、そそっかしいだろう？〟という隠された言葉があるのに気づき、クスッと笑い合った。

「奈々さん、具合でも悪いですか？」

店に戻って早々、奈々を見た明美が心配そうに声をかけてきた。

「え？　どうして？」

「なんだか顔が赤いから。熱でもあるんじゃないかと思って」

おそらく水瀬といたせいだろう。いまだに胸がドキドキとしている。

容姿はもちろん、水瀬の醸《かも》しだす雰囲気は凛《りん》として柔らかく、口調も声色《こわいろ》も優しかった。それでいて眼差しにはどこか強さを秘めていて、一度目が合うと逸《そ》らせない力があった。魅惑的という形容が一番しっくりくる男性のように奈々には思えた。

「熱はないから大丈夫よ。ありがとう」

「それならよかったです。あ、水瀬さんって方は、鳳凰の間の控え室にはいらっしゃいましたか？」

「い、いらっしゃったわ」

奈々がうっかり目を泳がせると、明美は「どうかしたんですか？」と鋭く探りを入れてくる。

「ううん、特に何も」

ぎこちない笑みを浮かべながら奈々が首を横に振っていると、店の奥から清人《きよと》が出てきた。

「それじゃ、お先に失礼しますね」

「はい、お疲れさまでした。明日もまたよろしくお願いします」

「清人さん、またねー」

ひらひらと手を振る明美の横で、奈々は丁寧に頭を下げる。

笠原《かさはら》清人、光風堂の和菓子職人である。

四十歳の清人は高校卒業と同時に父のもとで和菓子の修業を始めた、いわばベテラン。同じく職人を兼務している奈々の大先輩だ。子供の頃からあんこが大好きで、奈々の父が作る和菓子の大ファンだったらしい。

短く整えられた黒髪は清潔感があり、職人気質で無口だが腕は確か。奈々もとても信頼している。十年前に結婚し、ふたりの娘の父親でもある。

朝五時から和菓子を作り始めるため、商品が出揃《そろ》うお昼過ぎには帰宅する。ここ一年は奈々も店の運営に手一杯で和菓子を作れずにいるため、清人に頼りきりだ。

そして光風堂には、もうひとりスタッフがいる。それはサンドなどの軽食を調理している今井道隆《いまいみちたか》。彼は三十五歳の独身。

食べるのが大好きだと身体全体で表現して歩いているような、とても大柄な男性だ。

明美は愛を込めて〝トドさん〟と呼んでいるが、優しい道隆は全く気にする様子はない。それどころか、そう呼ばれるのを喜んでいるようにも見える。

「明美ちゃん、クラブハウスサンドができたよ」

厨房から聞こえてきた道隆の声に、明美は「はーい」と明るい声で返した。

閉店まであと三十分となった午後五時半。店内にお客の姿はなく、奈々はちらちらと腕時計を確認しては、光風堂の入口に視線を投げかけていた。

（セミナー終了後に寄ると言っていたのは、ただの社交辞令だったのかな。……そうだよね。あんこのうんちくをペラペラ語りだしたから、そう言うよりほかになかったのかも……）

調子に乗って話したことを後悔しながら、奈々は水瀬を待っている自分に気づいた。

（やだ、私ってば、どうしてそんなに気にしてるんだろう。普段のお客様とのやり取りと、何も変わらないのに。明日、店に出す商品の確認もしなくちゃ）

気持ちを切り替えてショーケースに残っている商品の残数を奈々が数えていると、明美の「いらっしゃいませ。あっ、昼間の……。おふたり様ですか？」との声が聞こえてきた。ショーケースから顔を上げると、そこには水瀬と柳の姿。

「いらっしゃいませ」

もう来ないだろうと思っていた奈々の声が弾む。

「奈々さん、こんにちは。……あ、もう外が暗くなってきたから〝こんばんは〟かな」

「そうですね。こんばんは」

奈々が笑うと、水瀬は優しく微笑み返した。

「あのクラブハウスサンドも美味しかったよ」

「お口に合ってよかったです。セミナーでお疲れのところお立ち寄りくださいまして、ありがとうございます」

「その疲れを奈々さんおすすめの和菓子で癒してもらおうかと思ってね」

社交辞令でもおかしくないやり取りをきちんと守ってくれた水瀬の好感度が、奈々の中でさらに上がっていく。容姿は文句のつけどころがなく、性格までよさそう。

視線を感じてそちらに目を向けてみれば、柳が水瀬の隣で不思議そうな顔をして奈々たちを見比べていた。

「支社長、いつの間に光風堂さんと仲良くなったんですか？」

「柳が会社に忘れ物をしてくれたおかげだよ」

意味深に返す水瀬に「え？　そうなんですか？　さすが支社長、抜け目がないですね」と柳が感心する。

女性に気さくに話しかけるのはいつものことで、奈々にだけ特別だったわけではない。当然だが柳の言葉がそう聞こえて、奈々の胸がなぜだかほんの少しだけチクンと痛んだ。

「では、こちらへどうぞ」

奈々はふたりを窓辺のテーブルへと案内した。この時間になるとホテルの中庭はライトアップされて、清々《すがすが》しい昼間とは違う顔を見せる。配置を計算し尽された薄いブルーの照明が、流れる川のように波打ち、ロマンチックな景色だ。

「奈々さんイチオシは確かこれだったよね」

水瀬がメニュー表の桜もちと菜の花もちを指差す。

「はい。そちらです」

「柳はどうする?」

「僕も支社長と同じでお願いします。あ、ちなみに和菓子だったら日本茶ですか?コーヒーがいいんですが、合いませんかね?」

柳は水瀬に答えてから、奈々に質問を投げかけた。

「いえ、そうでもないんです。実はコーヒーも和菓子との相性は抜群なんですよ」

「え？　そうなの？」

ふたりは揃って驚いた顔でメニューから目を離して奈々を見上げた。

視線が一斉に向けられ、奈々が半歩後退《あとずさ》る。水瀬の眼差しが興味津々《しんしん》に見えたから余計だ。

「はい」

「和菓子といったら日本茶のイメージだよね」

「そうですよね。フードペアリングをご存じですか？」

奈々が問いかけると、「知りません」と答える柳の向かいで、水瀬は「フランスでは〝マリアージュ〟と呼ばれている伝統的な考え方だよね？」と確認の意味も込めて奈々を見つめる。

まさに水瀬の言う通り。フードペアリングとは、合わせて食べるとより美味しさが増すような食べ物・飲み物の組み合わせのことだ。

奈々は「はい」と頷きながら続けた。

「味覚センサーを導入したある調査で、甘さやしょっぱさなどの味を数値化して食べ物の相性を調べたんですね。相性がバッチリだといわれている赤ワインと牛肉は、かなり高いポイントでした。そして意外にもコーヒーと和菓子もそれに負けないくらい相性がいいことがわかったんです。中でもどら焼きとの相性なんて……」

そこまで語り、奈々は瞬きを繰り返してふたりを交互に見やる。一度ならず二度までも水瀬の前でうんちくを披露したことに気づいた。

「ごめんなさい、私ったら……」

恥ずかしさに首をすぼめて小さくなる。

「いや、奈々さんの話は非常に興味深いよ。あんこの歴史だって、初めて聞いた話だったし」

「そうですよ。とても面白いです。でも、支社長はあんこの歴史も聞いたんですか？ ズルいですよ」

本気とも冗談ともとれない口調で柳が水瀬に口を尖《とが》らせる。柳も人を乗せるのが上手なようだ。

「……すみません、ありがとうございます」

普通だったら引かれてもおかしくはないのに、ふたりともなんて優しいのだろうか。事実、友人には『奈々の語りグセがまた始まった』と言われることがたまにある。

（これからは少し気をつけなくちゃ……）

水瀬と柳に気を使わせて申し訳なく思いながら、奈々は「では、少々お待ちくださいませ」とテーブルを離れた。

「ちょっと奈々さん！」

すかさず明美が奈々の腕をつかんで、ショーケースの奥へ引っ張る。その勢いがあまりにも強くて、奈々は足をよろけさせた。

「どういうことですか？」

「何が？」

つぶらな瞳をくりくりとさせながら明美が奈々をじっと見上げる。

「何って、昼間来た柳さんと一緒にいる人ですよ！　奈々さん、ご存じなんですか？」

明美は、フロアに聞こえないよう声のトーンを極力抑えた。

「昼間、クラブハウスサンドをお届けした水瀬さんよ」

「えー！　そうだったんですか？　あんなにイケメンなら私が行きたかったですー」

明美が盛大にがっかりする。大きく目を見開いたあと、シュンと肩を落とした。

「それじゃ、ご注文のお品は明美ちゃんがお持ちしてくれる？」

「いいんですか？」

「もちろん。よろしくお願いね」

和菓子とコーヒーをトレーに乗せて明美に手渡した。

明美は鼻歌でも飛び出しそうな足取りで水瀬たちのテーブルへ行くと、意気揚々《ようよう》とふたりの前に和菓子とコーヒーを並べる。そして二言三言、言葉を交わしてからニコニコ顔で戻ってきた。

「やっぱりカッコいい！　しかも、さっき〝支社長〟って呼ばれていましたよね？　あんなに若いのに支社長なんてすごい！」

興奮を隠し切れない明美が、その場でぴょんぴょん跳ねる。

「お客様に聞こえるから静かにね」

奈々が口元に人差し指をあてて「しー」とすると、明美はおどけた表情で舌をペロッと出した。

食べ終えたふたりがレジ前までやってくると、明美が嬉々《きき》として伝票を受け取る。

「奈々さん、美味しかったよ。来てみて正解」

水瀬がそう言えば、柳が「ほんとです」と大きく頷く。

「僕、和菓子ってあまり食べなかったんですけど、洋菓子より繊細っていうか。とにかくちょっとした衝撃でした」

一生懸命感動を伝えようとしてか、身を乗り出しすぎた柳はレジカウンターにぶつかってきた。

一瞬驚いたが、和菓子に興味を持ってもらえたように見えて奈々は嬉しい。

「おいおい、店のものを破壊するな」

水瀬が肩をつかんで、柳の体勢をそっと立て直す。柳は「すみません」と頭をかきかき恐縮した。とても愛嬌《あいきょう》のある人だ。

「ここに並んでいる和菓子はどうするの？」

水瀬の視線がふとショーケースへ向く。

「そちらは廃棄となります」

閉店時間は過ぎている。ショーケース内に並ぶ和菓子の消費期限は二十四時間。明日の開店時にはもう食べられない。

「冷蔵庫で保管してもダメなの？」

水瀬の眉がハの字になる。

「和菓子は冷蔵保存には向かないんです。和菓子の多くはでんぷん系の材料を使っているので、冷蔵すると固くなってしまって。炊いたご飯を冷蔵庫で保存したらカチカチになるのと同じです」

「なるほど。それじゃ冷凍するのは？」

「冷凍は可能ですが、やはりお客様にお出しする商品ですので……」

風味はどうしても落ちるから、その日に作ったものを出したい。

「よし、それじゃ、ここにあるものをすべて買っていくよ。これから社に戻るから、皆への土産にしよう」

「……はい？」

奈々と明美は揃ってポカンと口を開ける。

すべて買うって、このショーケースに並んでいるものを全部……？

奈々は信じられない思いで水瀬を見上げた。

「ダメかな？」

「い、いえっ、ダメだなんて。でも、たくさんありますが……」

ケースの中には先ほど水瀬たちに出した桜もちと菜の花もちのほかにも、桜の花の塩漬けを寒天で固めたものや、ひと口みつ豆、浮島《うきしま》など、数種類の和菓子が残っている。それらをすべてとなると、総額にして二万円ほど。

「この時間ならまだ皆会社に残っているだろうから。それにもしも配り切れないとしても、俺が今夜のうちに食べるから心配いらない」

「……本当によろしいんですか？」

「もちろん」

水瀬はさらっとそう言って、ショーケースに並ぶ和菓子を眩《まぶ》しそうに眺めてから財布を取り出した。

柳はそんな水瀬を見て、「さすが支社長。モテる男は違いますね」と感心しきり。

奈々もそれには頷く。これでモテないはずがない。

「ありがとうございます。それじゃ明美ちゃん、箱詰めしてもらえる？」

奈々がそばに控えていた明美に指示すると、彼女は「はい！」と元気いっぱいに返事をした。


それからというもの、水瀬は閉店間際《まぎわ》の光風堂へ幾度となく足を運んでは、残った商品を買い占めていった。ここ一ヵ月で両手の指がすべて折れるくらいだから、三日に一度の頻度になる。

さすがはネクサス・コンサルティングの支社長。そんなに頻繁に買っても財布に響かないのだと感心しつつ、申し訳ない思いもある。水瀬は『ここの和菓子が気に入っただけだから気にしないで』と言ってはくれるが。

会社で配った和菓子はなかなか好評らしく、たまに『支社長からいただいたお菓子が美味しくて』と直接来店してくれる人もいる。

「水瀬さんって本当に素敵ですよねー」

明美はふとした時に水瀬を思い出しては、うっとりと夢見るような目をする。そうなる気持ちもわからなくはないと、奈々も心の中で同意する。

「でもきっと彼女はいますよね？」

（……彼女。たぶんいるよね。顔よし性格よしの水瀬を女性が放っておかないだろうから）

支社長という肩書きのうえ、彼の父親はネクサス・コンサルティングのＣＥＯだという。つまり水瀬は御曹司。特別な女性がいないはずはない。いつも買っていってくれる和菓子も、そのうちのいくつかは彼女へプレゼントするものが含まれているのではないか。

「そうだね。いると思う」

「ですよねー。それもものすごい美女なんだろうな」

それにも奈々は激しく賛同である。そうじゃなかったら彼に憧れる女性たちが許さないだろう。自分では敵《かな》わないと素直に負けを認められるくらいの女性であってほしい。これは奈々の勝手な願いではあるけれど。

明美は小さくため息をついてから、奈々をまじまじと見つめる。

「奈々さんだって水瀬さんの隣に並んでいても引けは取りませんけどね。来店されるたびに、いつもお似合いだなーって」

「え？　やだ、明美ちゃん、何言ってるのよ」

急に妙なことを言われ、奈々は動揺した。

「奈々さん、美人さんだし、老舗和菓子店の経営者で釣り合っているし。それに、いつも私が入っていきづらいくらい水瀬さんと仲良さそうにしてますよね」

「そんなことはないわ」

とんでもないとばかりに首を横に振る。

水瀬の周りには、奈々ではとうてい足元にも及ばないような美しく気品に満ち溢れた女性がたくさんいるはず。水瀬と奈々の仲がよく見えるのだとしたら、それは水瀬が女性の扱いがうまいからだろう。相手が気分を害さないよう気遣い、自然と優しく振る舞えるフェミニストな男性だから。これまでに奈々が出会ってきた男性とは違う人種にすら思えた。

「そうですか？　でも彼女はいるだろうから、ここで何を言っていても始まらないですけどねー」

「そうよ。水瀬さんには素敵な彼女がいるから。それに私にとっても水瀬さんは、この和菓子を好きになってくれたお得意様。それ以上でもそれ以下でもないから。さぁ、そろそろ閉店にしましょ」

「はーい」

奈々は自分にも言い聞かせるように明美に言い、閉店の準備に取りかかった。

特別扱いと思わせないで

水瀬の父親がCEOを務めるネクサス・コンサルティングの東京支社は、日本経済の中心地、丸《まる》の内《うち》の北に隣接する大手町にあり、政府系金融機関・大手銀行・商社・マスコミの本社などが集積するビルの一角にオフィスをかまえる。

永代《えいたい》通り沿いに建つ三十階建ての高層ビルの二十二階から上を占有。東京支社の従業員数は五百人弱で、ニューヨーク本社や世界に点在する支社を合わせると十万人は下らない。

顧客は世界各国の企業がメイン。その企業が経営を行ううえで抱える様々な課題に対し、現状の分析をしたり打開策を提案したり、また新規事業を成功させるための戦略を練ったり、企業で働く人たちの満足度を高めたりと、ありとあらゆるコンサルティングを提供している会社である。

水瀬が統括する東京支社は、その分野では国内最大規模。戦略の策定からそれを実行するまでワンストップで包括的な解決策を提供することで、クライアントにも高く評価されており、近年の業績は好調である。

大学を卒業した水瀬は最初の四年間を大阪、そのあとの二年間をドイツのフランクフルト、それから三年間をロサンゼルス支社で過ごし、二ヵ月前に東京支社長に就任。先月、三十一歳になったばかりである。

これまで水瀬は主にブランド戦略に力を注ぎ、クライアント企業の業界における競争力を高めてきた。中小企業から大企業まで幅広く担当してきたが、ロスにいた時にはアメリカに本社を置く靴のブランドを業界トップクラスに導いた実績もある。

この会社を立ち上げた父親が、若い頃から世界中を転々としていた影響で、水瀬も海外生活が長く、十五歳までカナダやアメリカ、中東で暮らしていた。そのため、英語はもちろん、アラビア語やフランス語、中国語が話せ、日本での生活のほうが短いといえる。現在も両親はニューヨークに在住だ。

「支社長、お帰りですか？」

デスクのパソコンをシャットダウンしている水瀬に気づいた柳が、秘書机から立ち上がる。

水瀬より三つ年下の柳は、水瀬が東京支社長に就任すると同時に秘書に抜擢《ばってき》された。そそっかしいところがあり、当初は秘書に不向きでは？と考えていたが、持ち前の人懐こい性格が、秘書に必要とされるコミュニケーション能力を最大限に発揮することに水瀬は気づいた。

入社六年目の柳は、東京支社の社員の顔と名前をすべて覚えており、それはクライアントに対しても同様。一度でも顔を合わせた人間のことは、絶対に忘れない記憶力の持ち主でもある。

「ああ。キリのいいところだしね。柳もあまり遅くならないうちにあがれよ」

ガラス張りの支社長室の向こうでも、まだ何人か残っている者がいた。

「あ、もしかして光風堂へ行かれるんじゃないですか?」

察しのいい柳を前に、水瀬はつい反応が遅れる。水瀬が口を開こうとするより早く、柳が次の言葉を続けた。

「奈々さんって美人で可愛いですよねー。なんかこう一生懸命っていうか健気《けなげ》っていうか。あの若さで和菓子屋を経営しているなんてすごいですし」

「そうだな」

気のないフリをしつつ、水瀬はカバンを準備し始めた。

六時まであと五分。ここから光風堂まではハイヤーですぐの距離にあるが、この分だと閉店時間を過ぎそうだ。

「彼氏とかいるんですかねー」

柳のひと言に水瀬の手が止まる。

「……いなかったらどうなんだ？」

柳の答えを聞き漏《も》らさないよう、耳に神経が集まるのを水瀬は感じた。

「いや、僕、立候補しちゃおうかなとか思ってたりなんかして」

柳が顔をくしゃっとさせて頭をかく。

（奈々さんの彼氏に立候補だって？）

水瀬がゆっくりと顔を上げ、柳を見る。その目を若干鋭く細めた。

「彼女なら恋人はいるんじゃないか？」

無意識に声のトーンまで落ちたことに自分でも驚く。

和菓子を買う時に世間話はしても、恋愛関係の話題になったことはない。だが、ナチュラルメイクでも際《きわ》立つ美しい彼女を男が放っておくはずはないだろう。

透き通るほどの白い肌、静かな湖面のように美しく澄んだ瞳、柔らかそうな唇《くちびる》。どれを取っても目を奪われずにはいられない。

いつもかっちりとしたスーツを着て固いイメージを演出しているが、そうしてもなお、内側から溢れる魅力を隠し切れていない。色香というのか、白く可憐《かれん》な花が放つ芳香《ほうこう》に、つい吸い寄せられる。

そんな奈々であれば、恋人の存在はたやすく想像できた。

「やっぱりそうですよね。いますよね。僕じゃ話にならないかー」

水瀬は、「はぁ……」と盛大にため息を漏らす柳を複雑な気持ちで眺めた。

光風堂で初めて和菓子を食べてから、一ヵ月が経とうとしている。水瀬は何度となく店に行くうちに和菓子はもちろん、奈々に惹《ひ》かれ始めていた。

奈々のひたむきなところや和菓子の話をする時のキラキラした顔。水瀬にしてみれば心をくすぐる表情ではあるのだが、自分から話しすぎたと感じた時にハッとしたように恥じらいうつむく顔。とにかくそんな奈々の顔を見たくて、水瀬は和菓子を口実にして通っている。

柳に『立候補しようかな』と言われ、改めて自分の中にある奈々の存在が大きくなっていることに気づかされた。

「じゃ、お先」

ここで柳とゆっくり話している場合ではない。

「お疲れさまでした」

柳に軽く片手をあげ、水瀬は会社をあとにした。

片づけを済ませて明美を送り出すと、店は奈々ひとりとなった。人一倍明るい明美がいなくなると、途端に静けさが光風堂を包み込む。

奈々は窓辺のテーブルでノートパソコンを開いた。画面にはここ数年の光風堂の営業データが映し出される。

「このままだと光風堂が潰れちゃう……」

思わずそう呟いた。

売上を示す棒グラフも純利益を示す棒グラフも、この一年で右肩下がりに推移していた。それとは逆に増えているのが、販売管理費といわれる諸経費である。

一体どうしたらいいんだろう。

和菓子作りは好きだが、子供の頃から算数や数学は苦手な分野。いつか光風堂を継げたらと漠然と考えていたが、それがこんなに早く訪れるとは思ってもみなかった。

経営については、あとでじっくりと教わろうとのんびりしていたため、父が急逝した時には手遅れ。カフェの経営手法に関する本から知識を得るしかなかった。

奈々が大きく深いため息をついた時だった。コンコンと店のドアを叩《たた》く音が聞こえた気がして、顔を上げ神経を耳に集中させる。すると、数秒後にもう一度ノックする音が耳に届いた。

（誰だろう。お客様かな……）

立ち上がり、小走りでドアへと向かう。

するとガラス扉の向こうにいたのは、奈々が二年半だけ勤めていた住宅メーカー『ナカノハウジング』の同期、佐野祐一《さのゆういち》だった。

アップバングの黒髪はいつも丁寧にセットされ、細いアーモンド形の目が意志の強さを感じさせるが、ノリが軽くて気さくなタイプ。話していると奈々も気が楽だ。スクエア型の黒縁メガネがトレードマーク。

ナカノハウジングは業界で中堅クラスだが、堅実かつ誠実な家づくりが施主《せしゅ》から好評価を得ている。奈々と一緒に入社した同期は佐野を含めて男子が十名、女子は奈々ひとり。佐野は、同性のいない奈々を気遣い、よく声をかけてくれたものだった。

奈々がドアを開けると、佐野が「よっ！」と手を振り愛想《あいそ》のいい笑みを浮かべる。

「久しぶりだね。仕事帰り？」

佐野はブリーフケースを手にしたスーツ姿だった。新入社員研修終了後に配属されてから、彼は営業ひと筋。このまま部長を目指すんだと意気込んでいる。

佐野を中に招き入れ、ドアをいったん閉める。

「そ。近くまで来たから、奈々の顔でも見ていこうかと思ってさ」

「忙しいのにいつもありがとう」

今日は閉店後だが、佐野はこうしてたまに来店しては、得意先への手土産に光風堂の和菓子を買ってくれたりしている。

「まだ仕事中？」

「うん、帳簿をつけてて……」

奈々がうっかり顔を曇らせたことに気づいたのか、佐野は「何か心配事でもあるのか？」と眉をひそめる。

「あ、ううん、ぜんぜん。いろいろ忙しくて」

佐野に心配をかけるわけにはいかないと、奈々はめいっぱい明るく笑顔で返した。

店の経営がうまくいっていないことは、明美にはもちろん清人や道隆にも打ち明けてはいない。客足が減っているため、もしかしたら気づかれているかもしれないが。ただでさえ奈々は頼りない経営者。そこへきて余計な負担を背負わせたくはない。

「そっか。一緒にメシ――」

佐野が言いかけた時、再び店のドアがノックされた。

奈々は、そちらに向けた目を大きく見開く。同時に鼓動がひとつ、トクッと跳ねた。

ガラスドアの向こうに水瀬が立っていたのだ。

いつも来店するのは営業時間中。店が閉店してから彼が顔を出すのは初めてだった。一体どうしたのだろう。

「いらっしゃいませ」

微《かす》かに加速していく鼓動に気づかないフリをして平静を装《よそお》う。

「今日は少し遅くなったけど平気かな？　もう片づけちゃった？」

（やっぱり和菓子が目当てなんだ。……って、それじゃ私は何を期待していたの？）

がっかりした気持ちに気づき、奈々は慌ててその感情を葬《ほうむ》り去る。

「ショーケースからは出したのですが、まだあります」

そう答えながら水瀬を店内に招き入れる。

そこで中に先客がいると気づいた水瀬は、数歩進んで足を止めた。

「……お客さん？」

「あ、いえ、違うんです。こちらは……」

奈々が紹介しようとするより先に佐野が歩み寄り、水瀬に名刺を差し出す。

「佐野祐一と申します」

それを受け取った水瀬も胸ポケットから名刺を取り出した。

「水瀬 晶です」

「ネクサス・コンサルティングって、あの？」

佐野はメガネのブリッジを人差し指で上げながら目を剥《む》く。

「ご存じでいらっしゃいますか」

「もちろんです。あなたがそこの支社長？」

名刺と水瀬の顔を行き来する佐野の目は、驚いて今にも落ちそうだった。

「もしかして光風堂のコンサルを？」

「佐野くん、あのね」

奈々は『違うの。お客様なの』と続けようとしたが、水瀬に先を越された。

「そうなんです」

弾かれたように奈々が水瀬を見る。

（えっ……？　どうして？　コンサルなんて頼んでいないのに）

いつも穏やかで優しい空気をまとう水瀬は、紳士的な応対の中にも、その目にどこか挑戦的な光を宿していた。なんとなく妙な空気がふたりの間に舞い降りる。

奈々はどう対処したらいいのかわからず、瞬きを繰り返して水瀬を見つめた。

「それじゃ、このあとに食事は無理そうだな。今夜は帰るよ。頑張れ、奈々」

「あ、うん……」

不可解な水瀬の言動が奈々の口を重くさせる。

佐野を店の外まで見送り、戸惑《とまど》いながら戻ると、水瀬はテーブルに置いたノートパソコンを覗いていた。ドキッとして慌ててパソコンを閉じる。あまりにも悪い数字を水瀬に見せたくない。

「それ、光風堂の経理データ？」

ひと目見ただけで、水瀬には光風堂がどういう状況に置かれているのかがわかっただろう。

「恥ずかしいんですが……」

あんこの歴史やコーヒーと和菓子のフードペアリングを偉そうに語った過去を消したい気持ちでいっぱいになる。いっそのこと、この場からも消えたい。

「よかったら相談に乗ろうか？」

「いえっ、とんでもないです」

奈々は何度も大きく首を横に振った。

水瀬に経営相談をするほどの資金的余力が光風堂にはない。世界に名を馳せるネクサス・コンサルティングの相談料は、おそらく奈々の考えている金額以上だろう。手が届くはずもない。

「もしかしてコンサル料を気にしてる？」

奈々の心の内を見透かしたように、水瀬が鋭く突《つ》っ込む。まさにそうだった奈々は言葉に詰まった。

「奈々さんからお金を取ろうとは思ってないよ」

「……はい？」

（それはどういうこと？　お金を取らなきゃ意味がないでしょう？）

奈々は小首を傾げて水瀬を見上げた。

「無償で相談に乗る」

「そういうわけには！」

コンサルを仕事にしている水瀬に、無料で相談に乗ってもらうなんてできない。奈々は断るのに必死だ。

「俺の勤務時間外ということなら問題ないんじゃない？」

水瀬はさらなる提案で奈々に畳《たた》みかける。

「勤務時間外なんて、なおさらダメです。水瀬さんの貴重な時間を奪うわけにはいきません」

（それこそ余計に無理。ただでさえ忙しい身だろう。そんな彼が自分の自由時間を

使って相談に乗ろうなんて無謀すぎる)

「その貴重な時間を奈々さんと過ごすのが、俺の希望だとしても？」

「えっ……？」

不意打ちで向けられた水瀬のまっすぐで射抜くような眼差しに、奈々の心臓の鼓動が速く打ち始める。

(水瀬さんの、希望？　私と過ごすことが？　まさか、そんなことはあるはずがない。水瀬さんが私と過ごしたいからだなんて)

水瀬のセリフをそのまま額面通りに受け取りそうになり、奈々の心はさらに激しく揺れ動いた。

「奈々さんを助けたいんだ」

奈々が困っているのは確か。不慣れな経営に行き詰まり途方に暮れている。このままでいけば、潰れるのは時間の問題かもしれない。でも、両親の遺した大切な光風堂はなんとしても守りたい。

水瀬の真摯な声色に、奈々の心が突き動かされていく。

「……本当によろしいんですか？」

今のところ、自分から申し出てくれた水瀬以外に頼れる人はいない。

「俺がそうしたいんだ」

「水瀬さん……、ありがとうございます。でも、あまり勘違《かんちが》いしそうになるようなことは言わないでください」

（きっと、純粋に光風堂を救いたいと思ってくれているだけ。期待なんてしちゃダメ。気に入ってくれたのは和菓子のほう。私じゃない）

奈々は自分にそう言い聞かせ、水瀬に向かいそうになる気持ちを必死に引きとめた。

「勘違い？」

「はい」

はにかみながら奈々が頷くと、水瀬は「勘違いか……」と苦笑いだった。

パソコンの中に入っている経理データをひと通り見た水瀬は、難しい顔で画面を見つめていた。

「やっぱり、かなりひどい状態なんですよね……」

奈々自身もそうだと予想していたが、プロの目が下す判断を聞くのはどうしても怖い。もしもこのまま手立てがないと言われたら、どうしたらいいのか。

向かい合って座る水瀬がゆっくりと顔を上げる。

奈々は緊張から手をギュッと握りしめた。

「いや、持ち直すのは充分可能だよ」

「本当ですか⁉」

低空飛行を続けていた奈々の気持ちが微かに上昇する。

「ただ、今のままの減収減益ではそう遠くない未来に光風堂は……」

言葉を濁した水瀬を奈々はじっと見つめた。そのあとに続くであろう単語は想像にたやすい。

「どうしたらいいでしょうか。……潰したくはないんです」

切実な想いが奈々の口からこぼれる。

「俺がそうはさせないから」

そう強く言い切った水瀬は、奈々の不安を取り除こうと優しい表情を浮かべた。

そんな顔と頼もしい言葉に、奈々は救われる思いだった。

「よし、じゃあ早速いろいろと見ていこう。奈々さん、こっちいい？」

水瀬は隣のテーブルから椅子を引っ張り、そこへ奈々を座らせる。

「経費の中でも大きく占める賃料。これはエステラに出店している以上、仕方がないだろう。交渉次第では家賃引き下げも可能だが、それはおいおいにして……」

水瀬はマウスを操作して画面をスクロールしていく。

「それから人件費。これも必要最低限で賄っているようだね」

「はい。半年前までサービススタッフがもうひとりいましたが、家庭の事情で辞めた時に補充はしませんでした」

和菓子職人の清人、軽食調理の道隆、サービスの明美。従業員はたったの三人だ。

「光風堂の場合、一番の問題は廃棄ロスだね。それが利益を圧迫している」

羊羹《ようかん》やどら焼きは多少日持ちするが、毎日店に並べている和菓子のほとんどが消費期限の短いものばかり。日々の実績を見れば、多く作りすぎているとわかっている。とはいえ、もしかしたら今日は売れるかもしれないと思うと量を減らせない。

何しろ光風堂は和菓子屋。今でこそサンドなどのカフェメニューに売れ行きのトップの座を奪われているが、四代に亘《わた》って続いてきた和菓子屋の看板を捨てたくはない。

「何度か通っている俺の印象として言わせてもらうと、ここに来るお客は光風堂が和菓子屋だと知らないんじゃないかなと思うんだよね。あくまでもカフェで、ショーケースに並んでいるのはおまけ程度のスイーツ」

「……そうかもしれません」

レジ横にあるショーケースにお客も目は向けるが眺めるだけ。まるで単なるディスプレイ。

「ブランド戦略といってね、光風堂が持つ独自性、ほかの和菓子屋とは違う点、価値などをお客様に認知してもらうことがまず必要なんだ。光風堂はこれからも和菓子屋としてやっていくんだよね？」

「はい、もちろんです」

和菓子屋でなかったら光風堂ではなくなる。

「それならば、そこを明確にしていくことが大事だ。まず奈々さん自身がブランドイメージを明確に持っていないといけない。光風堂は和菓子屋。だけどカフェを利用するお客様には、それがほとんど認知されていない」

全くその通りなのである。奈々は首をコクコクと縦に振った。

「そこで提案なんだけど、ここは思い切って軽食やコーヒーを注文したお客に試食として一品つけるのはどうかな」

「試食、ですか」

これまで和菓子を大事に思うばかり、無料で配るなどと奈々は考えもしなかった。

「日本人、外国人を問わず、珍しいとは思っても、注文してまで食べる動機づけにはなっていないのかもしれない」

それは一理ある。購買意欲を刺激するには、食べてもらうのが一番。それでなくとも光風堂の和菓子は、高級ホテル内にあるため一個あたりの値段は高めに設定されている。ひと口サイズでも一個三百円は下らない。

「そうですよね」

「一時は原価率を引き上げるけれど、少し先の未来のための投資だと思って」

それならすぐにできるやり方だ。

「損して得を取れ、ですね」

「そうそう」

奈々の返しに水瀬は満面の笑みを浮かべる。

その顔が不意に横へ向けられ、間近で視線が絡《から》んだ。奈々は水瀬の眼差しに吸い込まれそうになる。何か喋《しゃべ》らなくては。そう思うのに、口は開かない。

水瀬の顔がさらに近づきそうになった時だった。水瀬の胸元でスマホがヴヴヴと振動を伝える。

「ちょっとごめん」

水瀬は立ち上がり奈々に背を向けた。

その後ろ姿を見ながら、奈々はふぅと小さく息を吐く。

（今のはなんだったんだろう……）

水瀬が離れても胸はドキドキと高鳴ったままだった。

「ごめん。柳からだったよ」

しばらくして水瀬がテーブルに戻る。

柳の名前が出たおかげだろうか、どことなく緊張感に包まれていた奈々の肩から力が抜けた。

「柳さん、どうかされたんですか?」

「仕事のちょっとした確認」

「まだお仕事中なんですか?」

「らしい」

もしかしたら水瀬もまだ仕事が残っていたのではないかと、そんな不安が奈々の頭をよぎる。

「俺はきちんと終わらせてここへ来たから心配いらないよ」

「えっ?」

「今、俺は大丈夫なのかなって考えなかった?」

水瀬がいたずらっぽく笑う。

まさにその通り。でも、どうしてわかったのだろう。奈々は、鋭すぎる水瀬を激しく瞬きを繰り返した目で見つめる。

「……コンサルタントって会社の内情だけじゃなく、人の頭や心の中も読めちゃうんですね」

そうだとしたら、水瀬の前では気をつけなければ。油断すると、読まれたくない心まで水瀬に伝わってしまう。

「奈々さんの心がもっと読めればいいけどね」

水瀬は思わせぶりに微笑んだ。

（……どういう意味？）

その言葉と笑みに、奈々は再び鼓動が速まるのを感じていた。

「今度ここへ来るまでに販売管理シートを作ってくるから、今後はそれで和菓子の売上や店の経費、人件費などを一括して管理していくようにしよう」

「ありがとうございます」

「何か心配事があったら遠慮なく連絡をくれてかまわないよ」

水瀬はブリーフケースから手帳を取り出し、そこから切り取った用紙に何かを書きとめた。

「はい、これ。俺のプライベートナンバー」

以前もらった名刺に記載されていたのは仕事用のナンバーだとは思うが、プライベートまで教えてもらってもいいものなのか。

奈々は差し出されたメモを受け取るかどうか迷った。

「光風堂のコンサルは勤務時間外と言ったよね？」

「あっ……」

そうだった。無料だから、あくまでも仕事とは別。水瀬にしてみれば、仕事用に電話をされるほうが迷惑だろう。それにしても水瀬は本当に鋭い。

奈々は感心しながら、「では遠慮なく」と両手でそれを受け取った。

「さてと、奈々さん、お腹空《す》かない？」

「そうですね」

時刻は八時過ぎ。お腹が空いてもおかしくない時間帯だ。

「それじゃ、どこかで一緒に食べよう」

「あ、では、私にご馳走《ちそう》させてください」

コンサル料を払わないのなら、せめて夕食くらい。とはいっても、高級なレストランは無理だけれど。

「奈々さんにお金を出させるわけにはいかないよ。誘ったのは俺だしね」

「ですが」

「奈々さんは何も心配しなくて大丈夫。俺がそうしたいんだ。どうしても気になると言うのなら、残っている和菓子をいくつかもらえると嬉しいよ」

「……そんなものでいいんですか？」

どのみち廃棄処分にしなくてはならないもの。それを嬉しいだなんて、水瀬はどこまで人がいいのだろう。

「光風堂の和菓子は〝そんなもの〟なんかじゃ決してないよ。俺は大好きだ」

水瀬はいつも、奈々の心が軽くなるようにしてくれる。そのうえ〝大好き〟というキーワードに過剰反応して、奈々の頬は赤くなった。

「もっと欲しいものはあるけど、それはもう少し我慢《がまん》しておくよ」

(ほかに欲しいものって、一体なんだろう)

奈々が首をゆっくりと傾げると、水瀬はドキッとするほど優しく笑った。

待たせていたハイヤーに乗り込み、ホテルの前から夜の街へと繰り出す。火曜日の街は金曜日ほどの賑《にぎ》わいはないものの、水瀬とふたりで食事に出かける思わぬ展開が、奈々の心を弾ませていた。

「ひとつ聞いてもいい？」

水瀬が唐突に質問する。

「はい。なんでしょうか」

左隣に座る水瀬に顔を向けると、真剣な眼差しがそこにあった。

「さっき店に来ていた佐野って男は、奈々さんの彼氏？」

まさかそう聞かれるとは思わず、奈々は咄嗟《とっさ》に吸い込んだ息でむせ込んだ。

「大丈夫？」

水瀬が心配そうに奈々の背中をさする。

「……大丈夫です。すみません」

「その反応は、ずばり、そう？」

顔を覗き込んだ水瀬を奈々がパッと見る。

「いえっ、違うんです。違います。水瀬さんにそう思われるとは想像もしていなくて、ちょっと驚いただけなんです。佐野くんは、大学を卒業して二年半だけ働いていたナカノハウジングの同期で」

「……光風堂は確か、四代続く老舗和菓子店だよね？」

水瀬は、奈々が企業勤めをしていたとは思いもしなかったのだろう。奈々が慣れない経営に携わっている理由を知らなければ、それも当然だ。

「私が光風堂を継いでから、まだ一年ちょっとなんです。両親を立て続けに病気で亡くして」

「……そうだったのか。それであんなに懸命に……」

水瀬は沈痛そうな面持ちで頷いた。

「父が亡くなるまでは和菓子職人としてお菓子を作っていたのですが、今はなかなかそういうわけにもいかなくて」

車内が一気に重苦しい雰囲気になった気がした。これではいけない。奈々は湿っぽい空気にしたかったわけではないのだから。

「両親が亡くなった悲しみはもう乗り越えていますので、心配しないでください。それと、彼氏はいません。佐野くんは友人です」

奈々は努めて明るく返した。

彼氏と呼べる存在がいたのは大学生の頃だから、もう五年以上も前。同じ旅行サークルのひとつ年上の先輩だった。先輩からのアプローチで付き合うようになったが、彼が就職して時間がすれ違うようになり自然消滅。ほんの数ヵ月前に友人づてで結婚した話を聞いた。

「それは好都合」

「……好都合？」

「いや、こっちの話」

やけにニコニコした水瀬の鼻には皺が寄っていた。

（何がどう都合がいいの……？）

首を傾げる奈々に水瀬は「光風堂は絶対に潰させない」と表情を引きしめた。

今夜二度目になる水瀬の頼もしい宣言に、奈々は心の底から元気が湧いてくる。これほどまでに自信を持って言ってくれる人は、きっとほかにはいないだろう。

「ありがとうございます」

頭を下げた奈々の頬に、水瀬の手が触れる。思わずビクンと肩を弾ませた奈々だったが、その手を振り払おうとは思わなかった。むしろ、もっと触れられたいとすら考えるほど。

（ダメダメ。水瀬さんには素敵な彼女がいるに違いないから）

その存在を思い出して、なんとか自分の気持ちを制御した。

水瀬が連れていってくれたイタリアンレストランでコース料理を楽しんだ奈々は、再びハイヤーに乗せられ自宅マンションへ送り届けられた。

そこへは父が亡くなったあと、両親と暮らした家を引き払い、越してきた。地上十階建ての中層マンションだ。光風堂へは電車を乗り継いで二十分の距離。奈々の部屋はそこの五階にある。

「ここで少し待ってもらえますか」

運転手にそう告げた水瀬が、奈々と一緒に降り立ちエスコートするように歩きだす。

「部屋の前まで送るよ」

「私ならここで大丈夫ですから」

そこまでしてもらうわけにはいかない。それでなくとも光風堂の相談に無料で乗ってもらっているうえ、食事までご馳走になってしまった。

「時間は遅いし、部屋にたどり着くまでに奈々さんに何かあったら困る」

「一応オートロックなので」

そう言ってみたが、聞こえていないのか水瀬は奈々の腰に手を添えて歩き始めた。

光風堂は高級ホテル・エステラにある。華麗に女性をエスコートする男性は、奈々も数え切れないほど見てきた。

でも、いざ当事者になると平然とはしていられない。しかも相手は水瀬だ。レストランの時もそうだったが、歩き方はぎこちなく、触れ合う左半身に神経が集中する。

水瀬が何か話を振ってくれれば多少気は紛れるのに、さっきから彼は押し黙ったまま。無言でエレベーターを降り、奈々の誘導で左手の通路を奥まで突き進む。

つい最近まで海外にいたと言っていたから、水瀬の女性に対する扱いは普段から距離が近いのだろう。

私に対してだけ特別なわけじゃない。水瀬さんにとって、これは普通。別にたいしたことじゃないから。

念仏のように頭の中で何度も繰り返す。

「ここです」

ドアの前で立ち止まったところで、奈々の腰に添えられていた水瀬の手にぐっと力が込められる。そして腰を強く引き寄せられたかと思えば、奈々はそのまま水瀬の胸に飛び込む体勢になった。彼のもう片方の手が、奈々の背中に回される。信じられないことに、不意打ちで抱きしめられた。

(えっ、水瀬さん……?)

急速に高鳴る鼓動。奈々は水瀬の腕の中で、どうしたらいいのか、何が起きたのかわからなかった。

どれくらいの時間が流れたか。ふと、水瀬の腕の力が弱められる。身体を引き離された、水瀬の視線を感じた奈々の頬が急速に熱をもった。

それをどうにもできず、奈々はただうつむくばかり。

「奈々さん、おやすみ」

水瀬にそう言われても、奈々はコクンと頷くばかりだった。

縮まる距離に戸惑う心

翌日、奈々はいつもより一時間早く自宅マンションを出た。水瀬に提案してもらった〝和菓子の試食〟を清人に相談するためだった。

シャワーを浴びてもバスタブにゆっくりと浸《つ》かっても、水瀬に抱きしめられた感触が身体から消えず、昨夜の奈々はほとんど眠れていない。朝までベッドの上で寝返りを打っては起き上がり、時計で時間の確認。アドレナリンが過剰に分泌されたのか、眠気のねの字もやってこなかった。そのくらい水瀬の甘い余韻の威力は大きかった。

あれはスキンシップのひとつ。海外生活の長い水瀬なら、それくらいは当たり前。おやすみの挨拶《あいさつ》の一環だろう。

そう考えるようにして、奈々は自分を懸命に納得させた。

「おはようございます」

午前八時半。奈々がレジ奥にある厨房のスイングドアを開けると、清人は虚《きょ》をつかれたように目を丸くした。

「奈々さん、おはようございます。今朝はずいぶん早いですね」

「実は、清人さんに相談したいことがあるんです」

「……私に相談？」

清人は餡を作っていた手を止め、奈々をまっすぐ見つめた。

「光風堂の和菓子の売上がここ数ヵ月伸び悩んでいるのは、もしかしたら清人さんもご存じかもしれないのですが」

ここまできたら売上の低迷は、隠しておくよりも知っておいてもらったほうがいいだろう。協力を要請するには、理由が必要だ。

「私の力不足です。申し訳ありません」

「いえっ、そうじゃないんです」

直角に腰を折り曲げた清人を奈々が慌てて制すると、彼はゆっくりと顔を上げ「……はい？」と訝《いぶか》しげな表情を浮かべた。

もしかしたら清人は、自分の力量不足を咎《とが》められ、退職を促されるのではと思ったのかもしれない。

「清人さんの作る和菓子にはなんの問題もありません。私のプレゼンテーション力の問題なんです」

「奈々さんの、プレゼンテーション力？」

瞬きを激しくさせる清人に、奈々は軽食やコーヒーを注文したお客に和菓子をサービスでつけてはどうかと話した。

最初こそ驚いていた清人だったが、一度食べてもらわないことには、光風堂の味をわかってもらえないからと強く言う奈々に、ついには清人も首を縦に振ってくれた。

「サービスとしてつけるのなら数が足りませんね。追加しましょう」

清人は早速、定番のあんこ玉の材料を取り出し、作業台の上に並べる。

強力な助太刀《すけだち》に奈々は頼もしく思った。やはり情報は共有すべき。隠し立てしようが、ひとりで打開するなど無理なのだから。

奈々は「私にもやらせてください」と、ジャケットを脱いでブラウスの上に白衣を羽織った。

「さっきサービスでつけてくださった和菓子、とっても美味しかったわ。お土産に買っていきたいんだけどいただける？」

五十代と思《おぼ》しき優雅な雰囲気の女性にそう言ってもらえたのは、何組目かのお客を見送ったあとだった。この女性客には、確か紫芋《むらさきいも》のあんこ玉をつけていた。

「はい、もちろんです」

笑顔で大きく頷き、ショーケースを手で指す。早速あった反応に奈々の心が弾んだ。

「先ほどのものはこちらになりますが、抹茶《まっちゃ》とかぼちゃのものもございます」

「あら、それじゃ、その三種類をふたつずついただくわ」

「ありがとうございます」

明美に箱詰めをお願いし、奈々はすかさず和菓子が掲載されている光風堂の小さなパンフを広げる。

「四季折々の和菓子をご用意しておりますので、よろしかったらまたぜひお立ち寄りくださいませ」

次回に繋げるアピールも忘れない。

それはこれまでやってこなかった。無理強いはよくないと謙虚になるばかり、商売で大切なアピールをしないのは致命的だろう。せっかく水瀬が相談に乗ってくれるのだから、自分でできることは率先してやっていこう。

その女性客はそれを見て、「あら、とっても綺麗《きれい》ね」と目を細めた。

それからは何組かにひと組の割合で、コーヒーや軽食をとったあとに和菓子を購入するお客が現れた。しかし期待したほどの売れ行きではない。追加して作った分もあったため、閉店した時にはいつもより若干残数が少ない程度だった。

「思うようにはなかなかいかないですね」

明美ががっかりしながら残った和菓子をショーケースから取り出す。

「まだ初日だから仕方がないわ」

そう明るく返すが、残念な気持ちは奈々も同じ。完売とまではいかなくても、もう少し売れるだろうと期待していた部分はある。

でも、すぐに成果が出なくて当然なのかもしれない。明美に言ったように、まだ今日が初日。地道に続けていくことで、緩やかに売上が伸びていくのを期待しよう。

奈々はそう思い直して、店の片づけに取りかかったのだった。


翌日の木曜日は光風堂の定休日。奈々は高校時代からの友人、名取真弓《なとりまゆみ》の自宅へ遊びに来ていた。

真弓は二年前に結婚し、半年前の昨年十一月、第一子の女児・美弥《みや》を出産したばかり。郊外の一軒家の庭には、早くも幼児向けのブランコや三輪車が置かれている。

庭がよく見渡せるリビングは春の日差しが燦々《さんさん》と降り注ぎ、窓辺で美弥を抱っこしているだけで汗ばんでくる。その美弥はさっきからご機嫌で、終始ニコニコと笑顔を奈々に向けてくれていた。

（本当に可愛い……）

いくら見ていても飽きないから赤ちゃんは不思議だ。

「あ、ごめんね。ずっと抱っこしてもらっちゃって」

真弓が紅茶を淹《い》れててリビングに戻ると、美弥はすかさず彼女に向かって手を伸ばす。やっぱり母親には敵わない。

「ううん。ちょっと見ないうちに大きくなったね」

「前に会ったのはいつだったっけ？」

「二ヵ月くらい前かな」

その時はようやく首が据《す》わったばかりの頃だった。美弥を恐々と抱っこしたのを奈々はよく覚えている。

真弓は奈々から美弥を抱き上げ、「そろそろお腹が空く頃だねー」と、紅茶と一緒に作ってきたミルクを飲ませ始めた。すっかり母親の顔だ。

真弓は長かったストレートの髪を出産直前にバッサリと切り、さっぱりとしたショートカットにした。目鼻立ちのはっきりとした美人の真弓は、それにより親しみやすくなったように思う。それはもしかしたら、出産して母親らしさが出てきたせいもあるのかもしれないけれど。

「可愛いね」

「でしょう？　奈々はどう？」

「どうって、私は出産どころか、結婚だって遥《はる》か先の話だよ」

彼氏ができる気配すらないのだから。もしかしたら一生独身を貫く可能性もある。

「エステラにいれば、素敵な人はたくさんいるでしょう？」

「素敵な人がいるからって、私の彼氏になってくれるとは限らないでしょ？」

つい唇を尖らせて奈々が反論すると、真弓は「確かに」と笑った。母親が笑ったことで、ミルクを飲んでいる美弥もキャッキャと嬉しそうにはしゃぐ。

「お店のほうは？」

「うーん……なかなか厳しいかな」

「そっか。大小に関わらず、会社や店を存続させていくのって大変だよね……」

ここまで百年間、よくぞ無事でいられたと奈々も思う。きっとその時々で経営が思わしくない時期もあっただろう。その時はどうやって立て直していったのか、祖父母や両親が生きていた頃にもっと話を聞いておけばよかった。

「でも、頑張るから」

奈々が父親からバトンタッチして、まだ一年ちょっと。ダメだと結論を出すには早すぎる。

「おっ、奈々も逞《たくま》しくなったね」

「うん」

そうならざるを得ない。

「それにね、経営のことを相談できる人ができて」

「そうなんだ！　それはよかったぁ。私じゃ話にならないもんね」

「真弓はこうして話を聞いてくれるだけで充分なの。美弥ちゃんも私の癒し」

そう言いながら、奈々は美弥の頬をそっと指先で撫《な》でた。柔らかくて本当に気持ちがいい。

「それで、相談に乗ってくれる人っていうのは誰かの紹介？」

「ううん。たまたま光風堂に来たお客様」

「お客？　専門的な知識はあるの？」

真弓は怪訝《けげん》そうに顔をしかめた。単なる客がそんな相談に乗れるのかと奈々を心配してくれているのだろう。

「ネクサス・コンサルティングって知ってる？」

奈々が会社名を出すと、真弓は目を大きく見開き、それにつられて形のいい眉も額に弧を描いた。

「知ってるも何も！　『富士見《ふじみ》銀行』もお世話になってるコンサルティング会社だよ！」

真弓があまりにも興奮するから、ミルクを飲み終えて寝入っていた美弥がピクッと動く。

今は育児休暇中だが、都市銀である富士見銀行は真弓の勤め先だ。

「だけどコンサルタント料、高くない？」

「それがね、無料なの」

「え⁉　無料⁉　嘘でしょう？」

真弓が信じられないのも当然だろう。セミナーでさえ受講料を取られるのに、業界トップクラスのコンサルを受けて無料なのだから。

「一体どんなカラクリが？」

興味津々に身を乗り出した真弓に、奈々は水瀬と出会った経緯や、光風堂の経営状態が知られてしまったきっかけを話す。そこから数値のチェックやアドバイスをもらうに至ったことを打ち明けた。

昨夜、水瀬に抱きしめられたとはさすがに言えず、食事をご馳走になり、マンションまで送り届けてもらった部分で止めておいた。

「奈々はものすごくラッキーだね。支社長が直々に面倒を見てくれるなんて」

「本当にそうだよね。水瀬さんがそう申し出てくれなかったら、光風堂は衰退の一途をたどるしかないだろうから」

成果はまだ出ていないが、光風堂の未来が数日前よりは明るいものになっている気がしてならない。それは心強い味方がついたせいだろう。

そう考えると、三年前に水瀬にクラブハウスサンドを差し入れてくれた人に感謝の気持ちでいっぱいだ。水瀬がその味を覚えていてくれたからこそ、再び光風堂のサンドを食べようと思ったのだから。

そして、忘れてならないのが柳の存在。彼が会社に大事な資料を忘れてくれたおかげで、水瀬と話す機会を持てた。柳がそそっかしくなかったら、水瀬は光風堂の和菓子を食べることはなかっただろうから。

「あ、エステラといえば、今度、映画のロケがあるって噂《うわさ》を聞いたんだけど、奈々は何か聞いてる？」

「映画のロケ？　エステラで？」

奈々は初耳だった。

真弓は高校時代から映画が大好きで、とても詳しい。特に好きなのがハリウッド映画で、彼女に言わせると、スケールも迫力も映像もほかの国のものとは比べものにならないそう。映画好きが集まるＳＮＳで、エステラでのロケが確かな情報として流れているらしい。

「なんと、ジャック・スペクターが主演なの！」

真弓が最近のお気に入りの俳優の名前を出す。リビングのソファの上にも、彼が表紙を飾る映画雑誌が置かれている。あの表紙はしばらくしたら、真弓のスクラップブックに貼られるだろう。ため込んだジャック・スペクターの切り抜きを見せられたことが、奈々は何度もあった。

「そうなんだ」

「奈々ってば反応が薄いんだからぁ」

「ごめんごめん」

温度差の違いに膨れる真弓に、両手を合わせて奈々が謝る。

「何か情報が入ったら教えるから」

「絶対だよ？」

「うん、わかった」

指切りしそうな勢いの真弓に奈々が強く頷いていると、バッグの中でスマホの着信音が鳴り響いた。

お昼寝タイムに入った美弥を起こしたら大変だと、慌ててバッグを漁《あさ》って取り出す。画面を見た奈々は、心臓が止まりそうになった。一昨日《おととい》登録したばかりの名前が表示されていたのだ。

「……もしもし」

応答をタップして耳にあてる。

『奈々さん、水瀬です』

「この前はごちそうさまでした」

まさかの水瀬からの電話だった。

『今日、定休日だったんだね』

「あ、そうなんです。毎週木曜日はお休みをいただいています」

水瀬はこれまで定休日にあたったことはなかったみたいだ。

ホテル内での出店のため、できれば定休日は設けたくはない。でも、少ない人数で回していると、どうしても一週間に一度は休みを入れざるを得ないのが現状。

「もしかしてお店に寄ってくださったんですか？」

『クライアントへの手土産にと思ってね』

「それは申し訳ありませんでした」

『奈々さんが謝るところじゃないよ』

電話の向こうで水瀬が優しく笑う。奈々の耳元に柔らかい風があたったような感覚がしてくすぐったい。

「あの、それで……?」

一体どんな用件だろうか。わざわざ電話をかけてくるのだから、何か急用なのか。

『この前少し話した光風堂の販売管理シートを作ってみたから、奈々さんに見てもらおうと思ってね』

「もうできたんですか!?」

その話をしたのは一昨日のこと。

(無料でやってもらっているのに……)

こんなに早く作ってもらい、申し訳ない気持ちでいっぱいになる。

『そんなに難しくないから。それと、仕事中に作ったわけじゃないから心配しなくて大丈夫』

「かえってすみません……」

仕事で疲れているのに、水瀬の貴重な時間を使わせたのは気がかりだ。

『何度も言うけど、俺が好きでやってるんだから、奈々さんは謝らない。いい？』

「……はい、ありがとうございます」

水瀬に見えはしないが、奈々はその場で頭を深く下げた。

本当に優しい人。その優しさにもう少しだけ甘えさせてもらおう。

『それで、今どこにいる？』

「今ですか？　今は友人の家に来ていて」

『それはどこ？』

「武蔵野《むさしの》市ですが……？」

奈々がそう答えると、真弓が「どうかしたの？」と心配そうに見つめる。奈々は、それに首を捻《ひね》って反応した。奈々にも水瀬の質問の真意がつかめない。

『ちょうどいい。帰りに寄れそうだから、メールで住所を送ってもらえない？』

「えっ？　寄るって……ここに、ですか⁉」

思いも寄らない水瀬の言葉に、奈々は気が動転した。

そばで話を聞いている真弓も驚き顔だ。

水瀬によると、これから立川《たちかわ》でクライアントに会うらしく、それは一時間程度で済むから、帰りに奈々を迎えに寄りたいと言う。今日は自分の車で向かっていて、そのまま仕事をあがるため問題ないと。

『どこかで待ち合わせるより、そのほうが時間も取れるからね』

水瀬がそこまで言ってくれるのなら、奈々は従うのみ。それでなくても無料で相談に乗ってくれているのだから、水瀬のやりやすいようにしてもらったほうがいい。それに、移動時間も有効に使いたい水瀬の気持ちもわかる。それで空《あ》いた分を自分の時間にあてたほうがいいだろう。

「それじゃ、よろしくお願いします」

『オッケー。大体五時頃になるけど、それまで大丈夫?』

「ちょっとお待ちください」と断ってから、真弓に尋ねて了承をもらう。

「はい、大丈夫です」

『じゃ、あとでね、奈々さん』

電話を切ると、真弓は「一体何ごと?」と目を瞬かせる。水瀬とのやり取りを話すと、真弓は「ずいぶん熱心な人だね」と感心したのだった。

真弓の自宅の住所をメールで送り、美弥に癒されながら五時を待つ。

理由はどうであろうと水瀬にこれから会うのかと思うと、それだけで奈々は次第に緊張してくる。化粧ポーチに入っている鏡でこっそり髪や化粧崩れをチェックしていると、真弓から「一体誰に会うつもり？」とからかわれた。

奈々のスマホに着信が入ったのは、五時を十分ほど過ぎた時だった。応答をタップすると、水瀬はあと五分くらいで着くと言う。

美弥が抱きついて離れない真弓に代わって紅茶のカップを片づけ、三人で玄関から外へ出た。

「遅くまでお邪魔してごめんね」

「そんなのぜんぜん平気だよ。美弥と遊んでくれて、こっちこそありがと。ずっと家にふたりでいるから、奈々が来てくれて楽しかった」

「私も久しぶりに真弓と美弥ちゃんに会えて楽しかったよ」

店と自宅の往復ばかりの毎日。真弓たちとの時間は、束《つか》の間だが忙しさを忘れさせてくれた。こういう時間も大切だ。

「また来るね」

そう言って門扉《もんぴ》に視線を向けると、ちょうど白い車が停車する。奈々でも知っている高級車だ。

「例の支社長さんかな?」

「多分そうかな」

少し背伸びをするように首を伸ばして見ていると、運転席から水瀬が降り立つ。ネイビーのスーツはいつものように上質な仕立て。薄いブルーのストライプシャツにブラウンのネクタイがオシャレで、いかにもデキる男風だ。

彼の顔を見ただけで、奈々の胸はドキンと弾む。

「ちょっと奈々、あんなにいい男なんて聞いてないけど?」

奈々を肘《ひじ》で小突き、真弓がぼそっと耳打ちをする。

「え? あ、うん」

曖昧《あいまい》に受け答えをしている奈々に向かって、水瀬は軽く手を上げて微笑んだ。まるで白馬から降り立った王子様みたい。

奈々はぎこちなく手を振り返しながら、真弓と門扉から出る。

「ごめん、約束の時間に間に合わなかったね」

「あ、いえ。大丈夫です」

約束より十五分遅い到着だったが、仕事を済ませてから見知らぬ土地に車を走らせるのだから、それくらい遅れたうちには入らないだろう。

ふと水瀬の視線が真弓と美弥に向けられる。

「こちらは高校からの友人の真弓と、そのお嬢さんの美弥ちゃんです」

「水瀬 晶と申します。お聞きかとは思いますが、光風堂のことで相談を」

奈々が真弓を紹介すると、水瀬は胸元から名刺を取り出した。スリーピースのスーツを着こなす、すらりとした長身。洋服の上からでも想像のつく引きしまった肉体に、爽やかな笑顔。車を降りてからここまでの余裕のあるスマートな仕草に、奈々はつい見惚れる。

本当に素敵……。

もはやそれしか出てこない。

美弥を抱っこしながらだったため、真弓は恐縮しながら片手でそれを受け取る。

「な、な、名取真弓です」

真弓はしどろもどろになりながら名乗った。

「小さなお嬢さんがいらっしゃるのに、こちらの都合でこんな時間になり申し訳ありませんでした」

「い、いえいえ！　それはぜんぜん！」

美しく頭を下げた水瀬を見て、真弓がぶんぶんと勢いよく頭を振る。その振動で抱っこされている美弥までゆらゆらと揺れた。

（真弓を驚かせすぎちゃったかな……）

素敵な水瀬を前にして動揺する気持ちはよくわかる。

水瀬は「それはよかった」と胸に手をあて、ホッとしたように奈々を見た。

「それじゃ奈々さん、行こうか」

「は、はい」

水瀬はエスコートするように奈々の肩に軽く触れ、助手席のドアを開ける。

「真弓、また連絡するね。今日はありがとう」

肩越しに真弓にそう言いながら、奈々は車に乗り込んだ。

奈々の言葉に真弓は無言で頷きながら、手をひらひらと振る。完全に放心状態だ。

助手席の窓から奈々が手を振っているうちに、車はゆっくりと発進した。新車なのか、車内は真新しい匂いがする。レザー仕様の内装は品があってゴージャスだ。

「スーツ姿じゃない奈々さんは初めてだな。新鮮でいいね」

不意打ちで言われて、奈々の頬が熱をもつ。

今日の奈々は、ボーダーのカットソーに薄いブルーのフレアスカートというマリン風スタイル。そういえば、水瀬に私服姿を見られるのは初めてだ。

「友達のところでゆっくりしていたのに悪かったね」

「私のほうこそ、お仕事の途中なのに、こうして迎えに来ていただいてすみません」

「俺が奈々さんに会いたかったんだ。気にしないで」

水瀬の思わぬセリフに奈々が声を詰まらせる。

（……会いたかった？　私に？）

思わせぶりな言葉に動揺せずにはいられない。ドクンと大きな音をたてた鼓動が、一気に胸を高鳴らせていく。

（ううん、違う違う。私に資料の説明をする目的があっただけだから。きっと、サービス精神で言っただけ）

勘違いしそうになる心を必死に引きとめる。

水瀬は海外での生活が長かったから、女性をもてなす精神が強いのだろう。どうしたら相手が喜ぶのかがわかっているゆえの、〝会いたかった〟だろう。

そんな結論に達したものの、一度赤くなった頬はなかなか熱が冷めない。気を取り直すために小さく深呼吸をして、奈々は別の話題を探した。

「水瀬さんのお車なんですか？」

「一応ね。まだ納車して二週間。普段は運転手付きの車だけど、今日は奈々さんに約束を取りつける魂胆だったから、自分の車でね」

「そ、そうなんですね」

奈々は、水瀬の言葉ひとつひとつに過剰反応する自分が恨めしくて仕方がない。そこに他意はないと頭ではわかっていながら、心は翻弄されっぱなし。ついさっき気を取り直そうとしたばかりなのに、心が再び惑う。

「でも、仕事で疲れているのに、そのあとに運転って大変じゃないですか?」

(運転手付きの車なら、その間に休めそうだけれど)

「車を運転するのが大好きでね。ロスにいた頃も、よくひとりで何時間も、ただひたすらまっすぐ続く道をかっ飛ばしていたよ」

「……おひとりで?」

隣に恋人がいたのでは?とつい邪推する。オシャレなオープンカーの助手席にはブロンドの美女。簡単にそんな想像ができるのも水瀬だから。きっとお似合いだろうなと思うと、奈々の心はチクリと痛んだ。

「ひとりだよ」

「そうなんですか?」

「これからは奈々さんに付き合ってもらおうかな」

「えっ……」

赤信号で車が静かに停まり、水瀬は奈々に優しい笑みを浮かべながら目を向けた。どことなく真剣な眼差しに見えるのは錯覚なのか。本気にも冗談にも聞こえる言い方に、奈々はどう反応したらいいのかわからない。水瀬の周りにいる女性たちなら、きっと気の利いたセリフで切り返せるのだろう。でも悲しいことに、奈々にそんなテクニックはない。

奈々は息を止めてその目を見つめ返していたが、後続車にクラクションを鳴らされ、ふっと緊張の糸が途切れる。

再び車が走りだし、奈々はゆっくりと息を吐き出した。

打ち合わせをする前にどこかで食事をしようということになり、水瀬の車は繁華街から少し外れた、静かな路地にある駐車場の一角に停められた。街灯がいたる場所にあり、そこそこ明るい。『花いかだ』と毛筆で書かれた看板が立ててある。

十台ほど停められるスペースは、水瀬の車が駐車して満車となる。見渡してみれば、黒塗りの高級車ばかりで、よくよく見ると運転席には人が乗っている。要人も出入りする店なのか、運転手はここで待機しているのだろう。

奈々がドアに手をかけて降りようとすると、水瀬は「待ってて」と制止して運転席から助手席へ回り込む。ドアが開けられ、水瀬は手を差し出してきた。

奈々は戸惑いながらその手に自分の手を重ねる。すると一気にふわりと引き上げられ、奈々は助手席から降ろされた。

「ありがとうございます」

そうお礼を言った時。奈々のバッグの中でスマホが振動を伝えた。取り出してみると、それは佐野からの着信だった。

「ちょっとすみません」

ひと言断り、奈々は水瀬に背を向けて応答をタップした。

『奈々、今どこ？』

「え？　今？　えっと……どこだろう」

急に聞かれて面食《く》らう。

あたりをキョロキョロとしてみるが、水瀬に連れてきてもらったため自分がどこにいるかわからない。

「どうかしたの？　佐野くんはもう仕事終わり？」

『もうちょっとであがるとこ。今日、光風堂は定休日だろう？　メシでも一緒にどうかと思ってさ。ほら、この前行けなかったから』

「ご飯か……。ごめん、あのね――」

　無理だと断ろうとした瞬間、奈々の腰に腕が巻かれ一気に後ろに引き寄せられる。

水瀬に抱きしめられたのだと気づいたのは、耳元で「奈々」と囁《ささや》かれた時だった。

　これまでになく奈々の心臓が大きく飛び跳ねる。

（水瀬さん？）

　突然の事態が奈々に訪れる。頭が追いつかないというのはこういうことなのかもしれない。

『……誰かと一緒なのか？』

　電話の向こうで佐野の声のトーンが下がった。

「あ、う、うん……えっと」

どう答えたらいいものかと奈々が迷っていると、水瀬は抱きしめる腕の力を一層強くした。

（一体どうしたの？）

　何が起こっているのかわからず、奈々が困惑する。

『奈々？』

「奈々、行こう」

佐野と水瀬の声が被《かぶ》る。水瀬はわざと佐野に聞こえるような声で奈々の名前を呼んだようだった。

「は、はい……」

水瀬にそう答え、「佐野くん、ごめんね。また」と佐野との通話を切った。

水瀬の手によってゆっくりと身体を反転させられた奈々は、理解しがたい事態を前にしてうつむく。心臓は、これ以上ないくらいに速いリズムを刻んでいた。

「ごめん、奈々さん」

呼び捨てが、再び〝さん〟づけに戻る。

「佐野って名前が聞こえたから、黙っていられなかった」

水瀬の言っている意味が奈々には理解できない。

佐野くんの名前が聞こえたから？　黙っていられない？

（いくら考えてみても、その理由が思い当たらない）

「今動かなかったら、奈々さんを佐野に奪われると」

「……え？」

奈々が見上げると、水瀬はいつになく真剣な目をしていた。

ただ、佐野が奈々を奪う理屈もわからなければ、それが水瀬の何に関わるのかも、とにかく奈々には何がなんだかわからない状態だ。

「意味がわからないって顔だね」

水瀬が困ったように笑う。呆けたようにする奈々を見て、水瀬は表情を引きしめ真顔に戻した。

「好きだよ」

突然の告白が奈々から言葉を奪う。

光風堂の先行きだけを考えて一心不乱にやってきた奈々が、水瀬から好かれる展開を迎えようとは、誰が考えるだろうか。

いや、もしかしたらその〝好き〟は、別の話じゃないだろうか。水瀬ほどの男が、どこからどう見ても平均的レベルの自分を好きになるはずがない。おとぎ話の王子様だって、好きになるのはいつだってお姫様。

「……あの、それは和菓子が、ってことですよね？」

そう確認せずにはいられない。信じがたい局面を迎えた奈々は、もはやそうだとしか考えられなかった。

「違うよ。奈々さん……いや、奈々が好きだ」

ちぐはぐなことを言いだす奈々を嘲笑せず、水瀬はもう一度きっぱりと言い切った。真剣な表情は、ジョークにはとても見えない。

高鳴る胸がどうにも止まらず、奈々は呼吸まで苦しくなってくる。

「奈々は、ゆっくり俺を好きになってくれればいい。でも、これからは遠慮せずにグイグイいくよ。確実に俺のものにするから覚悟しておいて」

次から次へと信じられない言葉を水瀬の唇が紡《つむ》ぎだす。さらには奈々を引き寄せ、さっきよりも強く抱きとめた。

奈々はそれを聞いているだけで精一杯。ただ顔じゅうを真っ赤にして、水瀬の腕の中に収まっていた。

水瀬に手を引かれて連れられてきたのは、駐車場から二分ほど歩いた先にある懐石《かいせき》料理の店だった。平屋でダークグレーの建物は、真四角の形をしており近代的。下からスポットライトがあてられて夜の闇に浮かぶ様は、小さな美術館さながら。一見すると懐石料理の店とは思えない。

店内はブラウン系のインテリアでまとめられ、ダウンライトが温かな光を照らしている。しっとりとした大人の店といった感じだった。

「水瀬様、いらっしゃいませ。ずいぶんとご無沙汰でございましたね」

ここの女将《おかみ》と思しき四十代前半くらいの女性が出迎えてくれた。奥二重の目にアイラインをきっちり引いたバッチリメイクと、夜会巻きの髪がゴージャスな雰囲気を醸しだしている。ふくよかな体型だが、薄紫の着物がよく似合う。

名前を覚えられているくらいだから、水瀬は以前からよく通っているのだろう。

「三年間、日本を離れていましたから」

「まぁ、そんなに長い期間でしたか。それはそれは大変でございました。お父様はお元気でいらっしゃいますか?」

「はい、おかげ様で。ニューヨークで変わらず元気にしております」

そこで女将の視線が奈々へ移ったので、水瀬はお互いを紹介してくれた。

女将の名前は依子《よりこ》。ここに店をかまえてから十五年になるそう。彼の父親が昔から懇意にしている店で、幼い頃から日本にいる時には度々連れてこられたらしい。

花いかだは普段、木曜日が定休とのことだが、今日は大口の予約が入ったため、臨時で営業しているらしい。水瀬は事前に電話で確認をしていたのだろう。

依子はふたりを奥の個室に案内してくれた。

そこは、ほどよく明かりが落とされて落ち着いた風情《ふぜい》。丸窓からは、美しく手入れされた中庭が見える。

個室のドアが閉められると、水瀬とふたりきりだと急速に意識し始める。ＢＧＭもない部屋は静かで、奈々が深く息を吸った音まで響いた。

「そんなに緊張しないで」

水瀬がふっと笑みを漏らす。

「はい」

そうは答えたものの、つい先ほどの水瀬からの予期せぬ告白が、どうしたって奈々の気を張りつめさせる。

（私の心臓、帰りまでもつのかな……）

そんな不安まで覚えた。

注文はすべて水瀬に任せ、料理が運ばれてくるのをひたすら待つ。その間も、向かいに座る水瀬からは、蕩《とろ》けそうなくらい甘い眼差しが注がれ、奈々は自分が生きている心地すらしなかった。ふわふわと浮かび上がり、天にでも上った気分。いまだに水瀬からもらった言葉が信じられない。

（これはもしかしたら夢？　そうだとしたら早く目覚めさせて。そうじゃないと、本気で水瀬さんを好きになっちゃう）

夢に出てくると、それまでなんとも思っていなかった身近な男性を急に意識することがある。好意のない相手でもそうなるのだから、水瀬だったらひとたまりもない。

しばらくして女将の依子が、スタッフを伴って料理を運んできた。

りんごのジュレにキャビアの乗った豆腐などの先付《さきづけ》は、彩《いろど》りが美しい。そのあとに運ばれたお凌《しの》ぎやお椀も、どれも目に鮮やかで繊細な味だった。

ただ、奈々は緊張して依子の説明はうわの空。結局、最後の水菓子にパイナップルのシャーベットが出てくるまで、水瀬とは会話らしい会話は展開できなかった。

それがまた、奈々から自信を奪っていく。

（こんな私のことを水瀬さんは本当に好きなの？　気の利いた話のひとつもできない女なのに……）

考えれば考えるほど落ち込む。水瀬の周りにいる女性たちは、皆素晴らしいだろうと想像するから余計だ。

「水瀬さんが女性をお連れになるのは初めてだったかしら？」

不意に依子が漏らした言葉に、奈々の耳が釘《くぎ》づけになる。え？と思って水瀬を見てみれば、照れたように鼻に皺を寄せていた。

昔からよく通っている店に、水瀬が女性連れで来るのが初めてとは意外だった。

「とても素敵なお嬢さんですね」

急に褒《ほ》められて、「いえいえっ」と奈々が小さくなる。素敵だなんて、恐れ多い。

「さすが依子さん。お目が高い。今、必死に口説いているところなんです」

「あら、水瀬さんに口説かれてもなびかないなんて。私だったら、すぐだけど？」

依子が冗談めかすが、水瀬は冷静に「依子さんには、俺なんかじゃとても敵わないご主人がいらっしゃるじゃないですか」と負けていない。

なんでも、依子の夫は大手不動産会社の社長とのこと。この辺一帯の土地も所有しているらしい。

「奈々さんも店を持っているんですよ。エステラにカフェも併設した和菓子店をね」

「まぁ！　和菓子店？　しかもエステラに？　……もしかして光風堂さんかしら？」

「はい、ご存じですか？」

依子の予想外の言葉に奈々は嬉しくなる。

「何度か食べたことがありますの。ここ何年かはすっかり足が遠のいていましたけど。……あら？　でも確か、あそこは奈々さんのような若い方が経営者じゃなかったと記憶していますが……」

「父は一年前に亡くなったんです」

「あぁ、それでお嬢さんである奈々さんが？」

大きく首を縦に振りながら、依子が納得する。

「お若いのに大変でしょう」

「正直大変ですが、水瀬さんがいろいろと手助けをしてくださって」

「弱みにつけ込んだってわけね」

依子がふふふと笑えば、水瀬は「そんな言い方はやめてくださいよ」と眉間に皺を刻む。

「あら、悪い意味で言ったわけじゃないのよ？　落としたい相手がいたら、なりふりかまっていられないもの。グズグズしていたら別の人に取られてしまうわ」

「やはりそうですよね」

そう言いながら水瀬は視線を奈々に向けた。その真剣な眼差しに奈々の心拍数が上がるばかり。さっき似たような言葉を水瀬から言われただけに反応に困った。

「そこで依子さん、ひとつ提案があるんです」

水瀬はひどく真面目な顔をして、依子に向かって人差し指を一本立てた。その場の空気が変わった気がした。

一体何を言うのだろうかと、奈々も水瀬をじっと見つめる。

「こちらの店で出す料理の水菓子に、光風堂のものを使ってみる気はありませんか？」

「えっ⁉」

これには依子でなく奈々が即座に反応。声をあげながら腰まで浮かせた。

ここへは食事をしに来ただけだとばかり思っていた。まさか水瀬が光風堂の営業をするとは……。

「こちらには和菓子職人はいらっしゃらないと記憶しております。それならば、花いかだの懐石料理の最後を飾るに相応《ふさわ》しい、美しく味も抜群な光風堂の水菓子をお出しするのはいかがでしょう」

依子は突然の提案に目を丸くしたが、腕を組み、人差し指を顎に添えて、思案し始めた。

「光風堂は創業百年の老舗和菓子屋。花いかだの料理に花を添えるには、もってこいだと思います。ひと口サイズの美しい菓子が、この店の器に並ぶ姿を想像してみてください」

水瀬がさらに畳みかける。

依子は、そっと目を閉じた。おそらくその画《え》を思い描いているのだろう。

「いい画が浮かびましたよ、水瀬さん」

程なくして、目を開いた依子は美しい笑みを浮かべた。

「さすが依子さんですね。その決断力こそ、花いかだの財産です」

「ふふふ。水瀬さんってば、持ち上げるのが本当にお上手なんだから」

その意見には、奈々も賛同する。水瀬に言われると、その意見以外にはほかに考えられないと思わせられるのだ。優しい口調の中に、強い説得力がある。

「別に持ち上げているつもりはありません。双方にとっていい方向に進む話を持ちかけただけですから」

水瀬は穏やかに目元をほころばせながら、「奈々、どう？」と聞いてきた。

いきなり話を振られ、奈々は姿勢を正す。

「確認もせずにいきなり話して悪かったけど」

「光風堂にとってみれば、勿体《もったい》ないお話です」

「じゃ、決まりでいいのかな？」

水瀬が奈々と依子にそれぞれ尋ねる。

ふたりは一度目を合わせてから「はい」と水瀬に答えた。

「依子さん、彼女をどうぞよろしくお願いします」

椅子から立ち上がり両脇に手を揃え、水瀬が丁寧に頭を下げる。

奈々も急いで立ち、水瀬と同じように「よろしくお願いします」と深く腰を折った。

光風堂から花いかだまでの商品の移動手段や卸値などの詳細は後日話し合うことになり、食事を終えた奈々は、水瀬の運転する車に再び乗っていた。

「水瀬さん、本当にありがとうございます。料亭に商品を卸させてもらうなんて、今まで考えもしませんでした」

「花いかだは政財界の人間も出入りする格式の高い店だけど、光風堂クラスの老舗なら負けていない。そこからもっと光風堂の和菓子が広がっていくといいと思ってね」

水瀬の横顔に笑みが浮かぶ。

水瀬は、ただ単に奈々をあの店へ連れていったわけではなかったのだ。光風堂の将来を真剣に考えてくれている。とても頼もしい人を味方につけたのだと、奈々はしみじみ思った。

「でも実は、依子さんの言う通りなんだ」

「なんのことですか?」

「光風堂のコンサルには、下心がある」

水瀬はあけすけに打ち明けた。つまり、依子の言ったように〝奈々を手に入れるために、その弱みにつけ込んだ〟のだと。

（でも私は、水瀬さんからそこまで思ってもらえるほどの人間なの……？）

不安に思いながらどう切り返すべきなのか、奈々は言葉に迷ってしまう。

「正直に打ち明けるのは、自信があるから。光風堂の未来も、奈々を手に入れるのも。俺は、絶対にキミを落とす」

清々しいと思えるくらいに水瀬が宣言し、ウインクまで飛ばす。その横顔からは言葉通りの情熱が感じられ、車内の温度まで上げる。

奈々はどうかといえば、その言葉のひとつひとつにドキドキさせられて、何も返せずにただ黙って膝《ひざ》の上に置いたバッグを握っていた。


奈々が震《ふる》える手でマンションの自室のドアに鍵を差し込む。その後ろには、水瀬が控えていた。

水瀬の作成した販売管理シートを説明するには、奈々が普段使っているノートパソコンがいいだろうとなったのだが、当然ながらそのパソコンは奈々の自宅に置いたまま。水瀬のパソコンで説明して、いったんＵＳＢメモリを預からせてもらい、奈々のパソコンに落としてから返すという手もあったが、水瀬はそのＵＳＢを明日使いたいとのこと。そうなると残る手段はひとつ。奈々の部屋に来てもらうしかなかった。

そう決まってからの奈々の頭の中は、部屋の状況確認でいっぱい。

（洗濯物は取り込んだままになっていない？　お茶碗やコーヒーカップは、きちんと洗ってある？　テーブルの上に物が散乱したりしてない？）

朝出た時の状況をひとつひとつ思い起こしては潰していく。そうして、ひとまず大丈夫だろうとの結論に落ち着き、ゆっくりと鍵を回した。

1DKの間取りは、ベッドルームのドアが開いていれば、玄関からほぼすべてが見通せる。奈々は先に一歩入り、ベッドルームのドアが閉まっているのを横目で確かめてホッとする。水瀬を「どうぞ」と中へ案内し、あがってもらった。

「へぇ、ここが奈々の部屋なんだ。綺麗にしてるね」

奈々は温かみを感じる北欧風インテリアが好きで、白と青を基調にした部屋になっている。水瀬はもの珍しそうに部屋中をぐるりと見回した。

「綺麗だなんてぜんぜん。水瀬さんにお見せするのは、本当は恥ずかしいです」

ネクサス・コンサルティングの支社長なのだから、水瀬の部屋はきっとここととは別世界のようだろう。それこそ都心のタワーマンションなどで、芸能人なんかが住んでいるような。

そう考えると、本当にここへ連れてきてよかったのかと不安になる。

「コーヒーでも淹れますので、適当に座っていてください」

水瀬に、ふたり掛けのソファを勧め、奈々はいそいそとすぐそばのキッチンへ。

コーヒーメーカーをセットして淹れたコーヒーを水瀬に手渡した。

「ありがとう」

そう言って口をつけた水瀬が「熱っ」と即座にカップを離す。

「ごめんなさい。そんなに熱かったですか？」

「いや、自分が猫舌だって忘れてた」

水瀬は自嘲するように笑った。

「水瀬さん、猫舌なんですか？」

その意外性に奈々が驚く。完璧に見える水瀬が、まさかそんな弱点を持っているとは思いもしない。

「情けないけどそうなんだよ」

フーフーしては恐る恐るカップに口をつける水瀬を見て、奈々は思わずクスッと笑みをこぼした。なんだか可愛い。

「こら、奈々、笑うな」

コッンと軽く頭を小突かれ、奈々の胸がドキンと弾む。「ごめんなさい」と言いながら、熱くなる頬を押さえた。

「さてと、コーヒーが冷めるのを待つ間にやっちゃおうか」

「はい」

ここへ水瀬を連れてきた目的。それは、光風堂の未来を担《にな》う販売管理シートの入手にある。

気を取り直して、パソコンバッグに入れっぱなしだったノートパソコンを出して、奈々がテーブルの上に開くと、水瀬もソファからラグマットの上に移動し、ブリーフケースからUSBメモリを取り出した。

「それじゃ早速始めよう」

水瀬から受け取ったUSBメモリをパソコンに差し、そこに保存されたデータを読み込む。ファイルを開くと、細かく項目ごとに色分けされた計算表が画面に表示された。それは原価の求め方から始まり、製品の損益がひと目でわかる損益分岐点などがわかりやすくまとめられていた。

水瀬が隣から奈々のパソコンを覗き込む。

「この前、奈々から見せてもらった光風堂の経営関連の数字では、これだけ売れて経費がこれだけかかっているから、利益はいくらになるという大雑把なものだったんだけど、それをもっと細分化して管理したほうがいいと思ったんだ。製品別の原価計算をして、それが単体でどれだけ儲《もう》かっているのか、とかね」

「それは確かに気になっていました。でも、どこをどうしたらいいのかわからなくて」

「そうだよね。これまで経営数値に関わってこなかったんだから、わからなくて当然だ。まずは……」

水瀬は自分で作成したシートの説明をし始めた。

製品原価が材料費と加工費の足し算で求められることは知っていた奈々だが、赤黒トントンになる損益分岐点がわかる原価計算の方法は目からうろこだった。

そしてさらに驚いたのは原価計算の考え方。材料費や製作する人の人件費が和菓子に必要になるのは奈々にもわかるが、サービススタッフの人件費や広告宣伝費、そのほか一切の費用は、和菓子を作る時の費用ではないと考えていたのだ。

ところが水瀬のやり方は、その製品に関わるすべての費用を原価計算するというもの。製品ひとつひとつの売上が、すべての費用を賄っているからだそうだ。そうすることで、本当に黒字になる価格がいくらなのかわかるという。

水瀬はさらに、従業員の年間総労働時間や加工時間などを使い、次々とシートの説明をしてくれた。

「そろそろコーヒーも冷めたかな」

水瀬がそっと口をつけて、直後にふわっと微笑む。

「うん。美味《うま》い」

「冷めましたか?」

「ちょうどいい」

それを聞いた奈々も飲んでみたが、冷めているというよりは、冷め切っているコーヒーだった。これではホットコーヒーとは呼べない。

「すぐに淹れ直してきます」

立ち上がりかけた奈々の手を水瀬がつかむ。反射的に見た水瀬は優しく笑った。

「大丈夫だよ。これで充分」

水瀬の笑顔には、心拍数を極度に上げる力があるように思えてならない。奈々はその笑顔を見るたびに、自分の心臓がいつ限界を迎えるのか心配になる。

「そ、そうですか……。それじゃ、これから水瀬さんにコーヒーを淹れる時は、熱くないか確認してからお出ししますね」

そこまで言ってから、奈々は自分が爆弾発言をしたのではないかと悟る。その言い方では、これからも水瀬を部屋に招き入れ、コーヒーを振る舞うように聞こえる。

「そうしてもらえると嬉しいよ」

水瀬がそっと奈々の手を引き寄せ、彼との距離が一気に縮まる。もう片方の手が奈々の頬に触れた。

ビクンと奈々の肩先が揺れる。それと同時に鼓動が猛スピードで上昇し始めた。

水瀬のまっすぐな眼差しに甘さが乗せられ、もうそこから逸らすのは不可能。奈々は呼吸するのを忘れて、その瞳に見入った。

水瀬の顔がゆっくりと近づく。

（このままだとキスしちゃう……！）

頭でわかっていながら、奈々はどうにもできずにいた。抵抗しようという意思は、水瀬の甘い眼差しの前では太刀打ち不可能。胸がうるさいくらいに高鳴る。

奈々が目を閉じた瞬間、唇が重なった。

反応を慎重に見極めるような優しいキスが、延々と続く。時折下唇を食《は》まれて、そのたびに鼓動が弾む。もはや奈々の心臓は限界を振り切っていた。

「奈々……」

キスの合間に囁くように名前を呼ぶ水瀬の声がこれまでにないくらいに甘くて、その掠《かす》れた声を聞くだけで奈々は気が遠のきそうになる。

水瀬は長いキスの最後にギュッと力強く抱きしめてから、奈々を解放した。

それからの奈々は頭がぼーっとした状態。茫然《ぼうぜん》自失《じしつ》に近い状態で水瀬を見送り、走り去る車のテールランプをいつまでもいつまでも眺めていた。

未熟な防衛本能

水瀬のことは好きにならないほうがいい。

感覚的な防衛本能が、揺れる奈々の心を必死に繋ぎとめる。

類稀なる容姿に恵まれ、性格も文句のつけどころがない。そのうえネクサス・コンサルティングの支社長。父親がＣＥＯということは、将来、彼もその地位に就《つ》く可能性が高い。そんな水瀬には、奈々ではなくもっと相応しい女性がほかにいくらでもいるだろう。

（だから、これ以上は……）

水瀬に『好きだ』と言われ、キスまでされた翌日、奈々はそんなことをぼんやりと考えながら餡を練る。昨夜からずっと頭の中を水瀬が占拠していた。

いつもより早く出勤し、清人とふたりで和菓子作りに励む。ショーケースには色とりどりの和菓子が並んでいく。今日もサービスでひとつずつつける予定だ。

オープンの時間を迎え、お客が少しずつ入り始めた。

（そろそろ初夏向けの和菓子も出したいな。定番のものじゃなく、新作も少し考えて

みようかな）

水瀬をなんとか頭の隅に追いやり、奈々が頭の中であれこれと材料を組み合わせて考えていると、思わぬ人が来店した。

「奈々さん、こんにちは」

花いかだの女将、依子だった。若葉色の着物にレモンイエローの帯が目に鮮やか。今日も着物の着こなしは抜群である。

「いらっしゃいませ。昨日はありがとうございました。お料理もとっても美味しかったです」

「こちらこそありがとう」

「いろいろと詳細を決めなければならないのに、こちらからお伺《うかが》いもせずに失礼いたしました」

奈々が頭を深く下げる。

花いかだに和菓子を卸すことにはなったが、詳細はまだ決まっていない。これからいろいろ詰めていかねばならないだろう。

「いいえ、いいのよ。久しぶりに光風堂さんの和菓子を直接見たかったから」

依子はにこやかに言うが、もしかしたら偵察なのかもしれないと奈々は咄嗟に思った。昨夜は水瀬の手前、話に乗り気でなくても断るに断れなかったとも考えられる。

「では、試食していただけませんか？」

「そうさせていただこうかしら」

依子をテーブル席に案内して戻ると、明美が「どなたなんですか？」と首を傾げる。

「花いかだという料亭の女将さんなの。実は、そこの水菓子にうちの和菓子を出してもらう方向で話が進んでいて」

ショーケースから和菓子を取り出しながら奈々が小声で言うと、「花いかだ？」と明美が目を見開いた。

「知ってるの？」

「セレブご用達《ようたし》の料亭で有名ですよね。政財界とか芸能界の人なんかがこぞって通うお店だって。葉山《はやま》に二号店の構想があるらしいですよ」

「詳しいのね、明美ちゃん」

「はい。毎晩ネットでいろいろ情報収集していますから」

明美は胸を張り、両手を使ってピースサインをした。

奈々は普段からネット関係には疎《うと》く、SNSも正直わからない。本来であれば、そういった手段を使って光風堂をもっとアピールすべきなのかもしれないと、ふと奈々は思った。

「でも、その店に光風堂の和菓子を出してもらえるなんてすごいですね」

「まだ確定したわけじゃないの。彼女は多分、それを見極めるためにここに足を運んだんだと思うわ」

「うわぁ、それは緊張しますね」

言葉にして明美に言われると、奈々までますます緊張してくる。これで〝やっぱりよしておくわ〟となったら、紹介してくれた水瀬にも申し訳が立たない。〝光風堂は俺が手を出すほどの店じゃなかった〟と彼を落胆させたくはない。

奈々は和菓子を取る手が微かに震えるのを感じた。

花いかだに相応しいと思うものを数種類セレクトして、玉露と一緒に依子のもとへ運ぶ。

「大変お待たせいたしました」

「まぁ、綺麗ね」

依子は目の前に並んだ和菓子を見て両手をそっと合わせた。どれから食べようかしらと悩みながら、枝豆かんを口に運ぶ。

（どうだろう。気に入っていただけるかな……）

奈々は胸の前で手を組みながら、不安いっぱいに依子を見つめた。

依子はゆっくりとではあるが、次から次へと皿に乗った和菓子を食べていく。

奈々が固唾《かたず》を飲んで見守る前で、落ち着いた様子で食べ終えた依子。口をテーブルナプキンで拭《ぬぐ》い、両手を膝の上に置いて「ごちそうさまでした」と目線を下げた。

よかったのか悪かったのか。どちらなのだろうかと奈々の身体に緊張が走る。

「奈々さん」

「は、はいっ」

いきなり名前を呼ばれ、奈々はその場で背筋をピンと伸ばした。

依子がそばに立つ奈々に目線を上げていく。

「いつからお願いできるかしら?」

「……では、取引をさせていただけるんですか?」

奈々の質問に依子の目が一瞬見開かれる。

「私が何をしにここへ来たのか、わかっていらしたの?」

「はい。いくら昔の光風堂をご存じとはいえ、花いかだほどの料亭の女将さんが味を確かめもせずに決めはしないだろうと」

昨夜は水瀬の顔を立てるために了承したのであって、真の結論は出していなかった。

商売がそんなに甘くないと奈々もわかっている。

「驚いたわ。昨夜の口約束で取引が決まったと考えているだろうと思ったわ」

「……と言いましても、依子さんが来店された時にそういう考えに至った、ワンテンポ遅いものでしたが」

正直言えば、昨夜の時点では〝やった！〟と手放しで喜んでいた部分が、奈々にはあった。もしも依子がここへ来なければ、そのまま呑気《のんき》にかまえていたかもしれない。

「気に入ったわ」

依子が自分の膝をポンと叩いて立ち上がる。

「聡明さと正直さ。それは経営者の気質としてとても大切なものよ。奈々さん、あなたにはそれがあるわ」

「勿体ないお言葉です」

奈々が恐縮していると、依子はその手を取りギュッと握りしめる。

「これからどうぞよろしくね」

穏やかな笑みを浮かべた依子に、奈々も笑顔で返す。

「こちらこそよろしくお願いします！」

緊張に震えていた胸が、今度は喜びに満ち溢れていく。大きな仕事がひとつ、本決まりになった。

この感動を早く水瀬に報告したい。抑え切れないほどの嬉しさが奈々に満面の笑みを浮かべさせた。

和菓子職人である清人にも挨拶をしたいと、試食を終えた依子が厨房へ入る。

まだなんの話も聞かされていなかった清人は、依子の話に驚き、口をあんぐりと開けた。それはサンドを作っていた道隆も同様で、「ほぉ、すごいですねぇ」と他人事のように感心。そして、清人は依子が帰るのを見届けてから奈々のもとへやってきた。

「奈々さん、大仕事が舞い込みましたね。明美ちゃんによると、なんだかすごい料亭だそうじゃないですか」

あまり感情を表に出さない清人は、いつになくにこやかだ。彼なりに喜んでくれているようで奈々はホッとする。

「そうなの。清人さんにはちょっと無理をさせてしまうかもしれませんが」

「いや、こういうのを腕が鳴るっていうんですか？　なんだかワクワクしますよ」

頼もしいひと言をくれた清人を奈々は眩しい思いで見つめた。


その日も無事に終わり、明美を店から見送る。

サービスで和菓子をつけるようになって二日目。一昨日よりはそれぞれの和菓子の売れ行きが、ごくわずかだが増えている。店に立っていても、試食として出した商品を買ってくれるお客が多くなった印象だ。

とはいえ、たったの二日。これくらいの実績では効果はまだ見えない。

バッグからスマホを取り出し、水瀬の連絡先を表示させる。電話をかけていろいろと報告したいのはやまやま。でも、仕事中のところを邪魔はしたくないと指先が迷う。

連絡先を表示させてはホームボタンで消すのを繰り返していると、不意打ちで着信が入り、奈々は思わず「キャッ」と小さく声をあげた。水瀬からだったのだ。

一瞬自分が誤ってかけたのかと焦《あせ》ったが、着信音が鳴っているから違うと胸を撫で下ろす。

「もしもし、奈々です」

応答をタップすると、『ネクサス・コンサルティングの水瀬です』と律儀《りちぎ》に名乗るものだから、奈々はふっと笑みをこぼす。直後に『なんてね』と水瀬はおどけた。

「昨夜はいろいろとありがとうございました」

奈々は改めてお礼を言った。水瀬のおかげで大きな仕事を得られた。

『花いかだの依子さんから電話をもらったよ。そちらに行ったんだってね』

「そうなんです。突然で驚きました」

早く報告したかったが、依子のほうが先だったようだ。

『依子さんが奈々をべた褒めだったよ。美人なうえに控えめだし、聡明で正直者だってね』

「買い被りすぎです」

勿体ない褒め言葉の羅列に奈々は恐縮する。

容姿をいえば、今までモテたことなどなく、控えめなのはもともと引っ込み思案なせいもあり、経営のなんたるかもわからずにトップに立っているから聡明とはいえない。正直者なのは、隠し事ができない性質《たち》だから。

依子の過大評価としか言いようがない。

『それはないと思うよ。もうわかっていると思うけど、依子さんは日本を動かすような要人を相手に商売をしているんだ。その彼女がそう言うんだから。実際に俺もそう思うしね』

水瀬にまでそう言われ、奈々はますます恥ずかしくなる。

「ありがとうございます……」

そう言うだけで精一杯だった。

（ふたりとも私に対して評価が甘すぎるんじゃないかな……）

奈々がそう考えるのも無理はない。これまでそんなふうに言われたことは一度もなかったのだから。自己評価が高い低いの話ではなく、奈々なりに冷静に分析したうえでそうなのだ。

あまりに高い評価をふたりにだけは下げられないよう、せめて今後気をつけていこうと密かに決意する。

『ところで、和菓子をサービスにつけるのは試してみた？』

「はい。水瀬さんに提案していただいた翌日から。今日で二日目になりますが、まだ成果は出ていなくて」

『焦る必要はないよ。この試みは成果が見えるまで少し時間がかかる』

水瀬に言われると安心するから不思議だ。いつもそうだと奈々はふと思い返す。

悪化の一途をたどっている光風堂の経営状況を目の当たりにしても、水瀬は『大丈夫』だと言ってくれた。それが決して上《うわ》っ面《つら》だけの言葉ではないのは、奈々もわかっている。コンサルに嘘は禁物だろうから。経営者に対して虚偽の報告をしていたら本末転倒。コンサルタントの存在価値がなくなる。……とはいえ、光風堂は水瀬に一銭も払ってはいないけれど。

でも、水瀬は絶対にマイナスな言葉を言わない。奈々が弱音を吐けば、『そんなことはない』と必ず力強い言葉が返ってくる。ここまで頼りになる心強い人を奈々はほかに知らない。

『ところで、奈々はもう和菓子は作らないの？』

「ここ一年はあまり作っていなかったのですが、試食として出す分も必要なので、また作り始めました」

『なんだ。それじゃ今日にでもそれをゲットしに行ければよかったな』

その言い方では、水瀬は今夜ここへは来ない。がっかりしている自分に気がついて、奈々は慌ててその想いを心の奥底に封じ込める。そうしたはずなのに奈々の口からは、その隙《すき》を突いた言葉が漏れた。

「それじゃ今度、水瀬さんに作ってお持ちします」

『ほんと？　それは嬉しいよ』

「初夏の新作を練っているので、水瀬さんのご意見を伺いたいです」

奈々は自分から会う口実を作った。頭でいくら引きとめても、心が糸を引いた口は勝手に動きだす。

『楽しみに待ってる』

水瀬にそう言われ、胸が嬉しさに弾むと同時に、美味しいものが作れなかったらどうしようと微かに不安も覚える。

『まだ店だよね？』

「はい」

『気をつけて帰るんだよ。おやすみ、奈々』

最後に〝チュッ〟とリップ音が聞こえて、奈々の鼓動が飛び跳ねる。耳に直接キスをされた感覚に陥《おちい》り、さらには昨夜のキスまで蘇《よみがえ》る。おかげでおやすみも言えずに電話を切った。

いつまでも甘い余韻に浸っている奈々を現実世界に引き戻したのは、再び鳴ったスマホの着信音だった。画面には真弓の名前が表示されている。

「もしもし」と応答すると、『仕事終わった？』と開口一番に真弓の確認が入る。

「うん。まだお店だけどね」

そろそろ帰るところだ。

『本当はもっと早く電話したかったんだけど、美弥を寝かしつけていたら一緒に寝入っちゃって』

一体どんな急用なのかと、奈々は耳を澄ませて待つ。

『水瀬さんのこと、奈々に聞いておかなくちゃと思って』

「……水瀬さん？」

　彼がどうしたのだろうか。

『コンサルタントなんて言うから、てっきりもっと年配の人を想像したじゃない。うちの銀行に出入りするコンサルタントは、皆五十歳はゆうに超えてるもん』

「だよね」

　奈々も真弓と同じ印象を抱いていた。まるでテレビドラマや映画で、俳優が演じているようにも思える。

『奈々の彼氏なの？』

　核心を突く話が振られて言葉がすぐに出てこない。軽く息を吸い、気持ちを落ち着かせる。

「違うよ。彼氏じゃない。言ったでしょう？　私は結婚なんてまだまだ先の話だって」

『えー？　本当に？　だって昨日のふたりの雰囲気は、恋人にしか見えなかったんだけど。奈々をさり気なくエスコートしたりとか』

「そ、それは……海外にずっといたから、女性にはそうするのが普通なんだと思う」

　はっきり好きだと言われたが、水瀬はきっと女性なら誰に対しても優しく接する。

あの扱いは奈々に限った話ではないだろう。もしかしたら、キスも挨拶の一環かもしれない。

そんなふうに考え始め、昨夜からの奈々はずっとドツボにはまり通しだ。

それもこれも自分に自信がないからにほかならない。水瀬には不釣合いだと。そのくせ、気づけば水瀬のことを考えている自分にハッとするばかり。

『ほんとに何もない？』

「な、ないってば」

『怪しいなー。奈々は嘘がつけない性格だから私にはわかるんだよ』

高校時代からの奈々を知っている真弓は、さすがに手強《てごわ》い。高校二年生の時にも、奈々が密かに片想いをしていたクラスメイトを言い当てた過去がある。

『奈々ちゃーん？　正直に言ってごらーん？』

奈々は真弓のこの探りにとても弱い。でも、真弓に話を聞いてもらいたいような気もしていた。奈々ひとりでは迷路にはまるばかりで、どうにも答えが出ない。

「……好きだって」

奈々がボソボソと言う。

『え？　誰が誰を？』

「……水瀬さんに好きだって言われた」

『やっぱり！　そうだと思った！　私の勘もなかなかね』

本当にその通り。真弓は鋭すぎる。

『付き合っているんでしょ？』

「ううん」

『え？　どうして？　あんなに素敵な人から好きだって言われたのに？』

「……素敵だから。素敵すぎるから」

水瀬の隣に並ぶのは自分ではないと、奈々はどうしても考えてしまう。

『奈々も好きなんでしょ？』

「ううん。好きにならないようにしてる」

あとで傷つくのが奈々は怖かった。最後に恋愛したのは、もう五年も前。どう恋したらいいのかもわからない。それなのに心はこんなにも揺れている。

『そう思っている時点で、すでに好きってことだよ』

「えっ？」

『好きなんだね、奈々』

真弓が優しい声色で断言する。諭されるように言われて、奈々はドキッとした。

『好きにならないように抑えるのは、気持ちが溢れちゃうからでしょ？』

まさにそうだった。奈々は、油断すると水瀬のことばかり考えている。和菓子作りに没頭している時でも、頭の片隅には水瀬がいる。眠りにつく前に考えているのも水瀬のこと。

「だけど、これ以上好きになったら、きっと後悔する」

『どうして？』

「水瀬さんの気持ちがずっと私に向いているとは思えないの」

あんなに素敵な人なのだ。いつまでも好きでいてもらえるとはどうしても思えない。もしかしたら、一時の気の迷いの可能性だってある。

たまにはいつもと違うタイプの女性と付き合ってみたいだとか、そういった気まぐれかもしれない。

そう思う一方で、紳士的で優しい水瀬がそんな不誠実な考えをするとは思えない自分もいる。つまり、激しい葛藤の中に奈々はいた。

そして、そう考えていくうちにたどり着くのは、もしもいつか心が離れるのなら、最初から寄り添わないほうがいいという結論のほう。

『付き合う前から別れの心配をしてどうするのよー。そんなんじゃ誰とも付き合えないじゃない。まぁ、それだけ彼への想いが深いのかな』

真弓の最後のひと言に奈々はギクッとする。

（……それだけ好きなの？　もうすでに水瀬さんを本気で……？）

真弓にそう言われて初めて、奈々はああそうだったのかと気づかされた。いつだって心の中は水瀬が占拠している。それを好きと言わずしてなんと言うのか。

『素直に認めたほうがいいと思うな。あんなに素敵な人、そうそう見つかるものじゃないよ。怖がっていないで、思い切って彼の胸に飛び込んでみたらどうかな』

真弓の言葉のひとつひとつが奈々の心を動かしていく。

（自分の気持ちに素直になって、彼の胸に……）

心の中で反芻《はんすう》しただけで、水瀬への想いが溢れてくる。こんなにも誰かを強く想うのは、奈々には初めてだった。

「真弓、ありがとう」

『お？　その気になったのかな？』

「うん。頑張るね」

（新作の和菓子が完成したら、それと一緒に想いも届けよう）

思わぬ方向へ動きだした決意は、ほんの数分前までは考えられないものだった。水瀬を好きだと認めると、不思議と気持ちが楽になった気がする。押さえつけていた大きな重しがなくなったようで、心が軽い。

奈々は気持ちも新たにノートパソコンに向かった。

紙に描いたイラストを見ては、奈々は材料の組み合わせに悩む。

（これだとちょっと甘いかな。色がもう少し綺麗に出る方法はないかな……）

清人にも相談しながら、いろいろなパーツを試してみることの繰り返し。奈々は仕事の合間を縫っては、新作づくりに熱中していた。

その間には花いかだへも出向き、どの商品をいくつ卸すかなどの打ち合わせを重ねた。配送は、花いかだに食材を納入している業者に寄ってもらう手配ができることになっている。

ひとつずつクリアし、いよいよ明日から花いかだへの商品供給が始まる。依子が光風堂を訪れてから、一週間が経過していた。

その間、奈々の新作は試行錯誤を重ね、清人の意見も取り入れながら、ようやく完成にこぎつけた。

新作の商品名は〝あじさいかん〟。青と紫の花びらに見立てた小さな寒天でういろうを包み込んだ、これからの季節にぴったりなひと口サイズの一品だ。雨に濡《ぬ》れ咲いているようにも見え、涼し気で美しい色合いが目にも鮮やか。

どんな新作にしようかと考えている時に思い出したのは、自宅の庭に咲いていたあじさいだった。土壌が酸性だったのか、咲くのは決まって青。『ジメジメする梅雨の時期には少しでも気分を明るくしないとね』と奈々の母は言いながら、大輪のあじさいを家によく飾ったものだ。たまにカタツムリが紛れ込んでいて、廊下を這《は》う姿に驚いた思い出もある。

そのあじさいかんを今夜、奈々は水瀬に届けるつもりだ。

閉店を迎え、急いで店を出る。

昨日の水瀬からのメールによると、今日の午前中に九州への出張から帰っているはず。こちらでの仕事の整理もあるから今夜は少しだけ残業になりそうだと言っていた。

水瀬には新作が完成したとはまだ伝えていない。突然渡して驚かせようと、奈々はこっそり企《たくら》んでいた。

ネクサス・コンサルティングまでは歩いて十分。箱詰めにした和菓子と一緒に、自分の気持ちを伝えようと心に決めているため、一歩進むごとに緊張の階段を上っている気がする。

何度となく深呼吸をしてはそれをやり過ごし、いよいよビルの前に到着。気持ちを落ち着かせるために、最後に大きく息を吸って吐く。そして、バッグから取り出したスマホで水瀬にメールを送った。

【お渡ししたいものがあるので、会社の前で仕事が終わるのを待っています】

多少待つのは覚悟のうえ。奈々はビルの前にあるベンチに腰を下ろした。

目の前の街路樹は、青々とした葉を夜空いっぱいに広げる。

〈私もあの木のようにめいっぱい背伸びしよう。密かにあたためてきた水瀬さんへの想いを素直に伝えよう〉

街路樹を見上げながら奈々は決意を新たにする。

「あれ？　奈々さんじゃないですか？」

声に顔を向けてみれば、そこには柳が目を丸くして立っていた。どこかへ外出していたのか、ビルに入るところだ。

膝に乗せていた小箱をベンチに置き、奈々が立ち上がる。

「こんばんは」

「もしかして、僕を待っていたんですか？　……なんてことはないか」

柳が激しく自分の頭をかく。

「あ、いえ、その……」

水瀬は柳に光風堂の経営相談に無料で乗っていると話していない可能性もある。ここにいる理由がほかに思い浮かばない奈々は、どうしたものかと困った。

「水瀬ですか?」

「えっ……」

「あ、いや、なんとなーくそうかなと」

柳はそそっかしいだけではないようだ。なかなか鋭い。

「すみません。あの、水瀬さんはまだお仕事中ですよね」

否定も肯定もできずに、奈々はごまかすように質問を返す。でもそれは、まさに水瀬を待っている問いかけにほかならない。

「今日はまだかかりそうですね。今朝まで出張だったので、その報告を兼ねて部下たちと打ち合わせしているんです」

「そうなんですね……」

だとすると、ここで待っているのは水瀬にとって負担だろう。メールを読んだかどうかは定かではないが、水瀬を急がせることになる。出直すしかないようだ。

「それって光風堂の和菓子だったりします?」

柳がベンチに置かれた小箱を指差した。箱には光風堂のロゴが描かれている。直接手渡しができないのなら、柳にお願いしたほうがいいかもしれない。自分の気持ちは、またあとにしよう。

「そうなんです。あの、柳さん、お忙しいところ大変申し訳ないのですが、これを水瀬さんのデスクに届けていただけないでしょうか……？」

「水瀬に？　わかりました。奈々さんのお願いなら聞かないわけにはいきません。僕が責任を持ってお届けしますよ」

柳が快く受け取ってくれ、奈々はひとまず安堵《あんど》した。

（よかった……）

「ありがとうございます。どうぞよろしくお願いします」

和菓子を柳に託し、奈々はその場をあとにした。

自宅への道のりを歩きながら、水瀬に【今夜は帰ります】とメールを打つ。おそらく打ち合わせ中のため、最初のメールもまだ読んでいないのだろう。律儀な水瀬のこと。読めばすぐに何かしらのアクションがあるだろうから。

彼の仕事の邪魔をしなくてよかったと、奈々はつくづく思った。夜空に小さく息を吐き、駅へ足を向ける。

一度大きな決意で水瀬のもとへやってきたからなのか、会うのすら叶《かな》わず、脱力感に襲われる。それと同時に、会えなかったからこそ余計に会いたい気持ちが募っていく。電車に揺られながら、頭も心も水瀬でいっぱいだった。

（こんなにも水瀬さんを好きになっていたなんて……）

育ちすぎた想いが奈々を翻弄する。電車に乗り、水瀬からは遠く離れていくのに、心はすっかり囚《とら》われていた。

こんなふうに強く誰かを想うのは初めてのような気がする。奈々だって、小学生の頃から恋は知っている。片想いが大半で、誰かと付き合ったのは一度きりだけれど。

でも、そのどれもが、もっと淡くて移り気だった。ところが水瀬に関しては、一分一秒刻みに好きな気持ちが増えていく。それは自分でも抑えが効かないほどに。

そのまま帰る気になれず、降車駅のそばにある本屋に立ち寄る。特に目当ての本があるわけではない。店内をブラブラして、ファッション誌を手に取ってはペラペラとページをめくり、また戻すの繰り返し。目にはいろんなものを映すのに、全く頭に入ってこない。

（水瀬さんに会いたい）

頭にはそれしかなかった。やはりあのまま会社で待っていればよかった。ほんの数分でもいい。顔を見て、この気持ちを伝えたかった。

そう悔やんでも今さら遅い。もう帰るとメールを送ってあるのだから、仕事を終えれば水瀬もそのまま帰るだろう。これから会社に行ったって、すれ違うだけ。

一時間ほど時間を潰しただろうか。結局何も買わずに書店を出た奈々は、今度こそ自宅に足を向けてゆっくりと歩きだした。

そうしてマンションまであと二百メートルのところまで来た時。少し先からこちらをじっと窺《うかが》うような人影が見えた。

奈々の目よりも心臓が先に反応して、ドキッと弾む。

（……まさか水瀬さん？）

信じられない人の姿に足取りと鼓動が速まっていく。奈々は自然と走っていた。

「水瀬さん！」

嬉しさに声が弾む。どうして彼がここにいるのだろう。でも、そんなことはどうでもいい。今はとにかく会えたことが嬉しくてたまらない。

走り寄る奈々を見つめる水瀬の表情は、心配から安堵へと変わる。

「今までどこにいたんだ」

「駅前の本屋でちょっと。水瀬さん、お仕事じゃなかったんですか?」

「打ち合わせを終えてデスクに戻ったら、これが置いてあったから急いで飛んできた」

水瀬が手にしていた小箱を奈々に見せる。それは奈々が柳に託したものだった。

「ごめん、メールに気づくのが遅れたよ」

「いえ、私こそお仕事中だったのにすみません」

出張帰りで忙しいと知っていたにもかかわらず、自分の気持ちの高鳴りを抑え切れずに押しかけた。

(でも、こうして水瀬さんに会えて嬉しい……!)

今夜はもう会えないと諦《あきら》めていた奈々は、水瀬の思わぬ登場に心が躍ってどうにも収拾がつかなかった。

「これ、もしかして奈々が作ってくれたの?」

「はい。新作をまず水瀬さんに食べてもらいたくて……」

「一番に俺に食べさせてくれるなんて嬉しいよ、奈々」

眩しすぎるほどの水瀬の笑顔を見て、奈々が胸に抱えている想いが大きく膨れだす。もはやそれは無限とも思えるほどに、あとからあとから溢れてきた。

「水瀬さん、それと……」

奈々はバッグを両手でギュッと握りしめ、水瀬をまっすぐ見つめる。今にも唇からこぼれそうだった想いが、土壇場《どたんば》で口から出てこない。緊張も鼓動の高鳴りも最高潮だった。

「ん？　奈々？　どうかした？」

水瀬が小首を傾げて奈々を優しく見つめる。

（せっかく水瀬がここまで来てくれたんだ。今言わなくてどうするの）

奈々は呼吸を整え、改めて水瀬を見上げた。

「……水瀬さんが、好きです」

そう告白した次の瞬間、奈々は水瀬の腕に抱きしめられていた。水瀬の香りに包まれると同時に、胸の底から喜びが湧き上がってくる。

「奈々、俺も大好きだ」

水瀬の甘い声が、奈々の鼓膜を優しく震わせた。

恋は初めてじゃない。でも、お互いを想い合うことが、これほどまでに幸せなのだと知ったのは初めてだった。

「コーヒーがいいですか？　日本茶がいいですか？」

水瀬を部屋に案内し、奈々がキッチンから声をかける。

「フードペアリングでは和菓子とコーヒーは相性が抜群だったよね。それならコーヒーで」

得意げに話したうんちくを持ち出されるとは思わず、奈々は嬉しいやら恥ずかしいやら。「はい」と小さく返事をして、いそいそとコーヒーを淹れた。

「冷ましてありますので、すぐに飲めます」

猫舌の水瀬のために、ふたつのカップを使いコーヒーを注いでは戻し、ちょうどいい温度にしてある。

皿に乗せた新作の〝あじさいかん〟とコーヒーをテーブルに置き、水瀬の隣に腰を下ろした。

「これ、もしかしてあじさい？」

「わかりますか？」

「やっぱりそうか。薄いブルーがすごく綺麗だ」

（味はどうかな。水瀬さんの口に合うかな）

不安な面持ちで水瀬が口に入れるのを待つ。

「いただきます」

菓子楊枝《ようじ》を使い、水瀬はひと思いに菓子を頬張る。

奈々は固唾を飲んで見守りながら、遠い昔を思い出した。

あれは奈々が小学五年生の頃。初めてひとりで作ったどら焼きを父親に食べてもらう時。どんな感想が口から飛び出るか、子供ながらに緊張したのをよく覚えている。

ひと口食べた父は『奈々は立派な和菓子職人になれるぞ』と太鼓判を押してくれた。

それはお世辞だったのかもしれない。でも、そのひと言は奈々が和菓子職人を目指すひとつの大きなきっかけだった。忘れていたその時の感情が込み上げて、胸がほんのりと熱くなる。

「……どうですか？」

感想を待っていられず、奈々が尋ねる。

「美味しいよ。プルプルした寒天と、中のういろうはモチモチとして、このバランスが絶妙だ。文句なしに美味しい」

奈々はホッとして長く深い息を吐いた。

「そんなに緊張した？」

奈々が肩から脱力したのに気づいた水瀬がクスクス笑う。

「はい。新作を作ったのは久しぶりだったので。それに水瀬さんに食べてもらうから、必要以上に緊張しちゃいました」

「俺ってそんなに辛辣なことを言いそう?」

「違うんです」

奈々は慌てて首を横に振る。そうは全く考えていない。

「水瀬さんに褒めてもらえるかなって」

新作を作りながら考えるのは、どうしたら水瀬を喜ばせられるだろうということだった。

本来ならひとりのためだけにではなく、お客のことを平等に考えなければならないだろう。恋とは厄介なもの。やることすべて、考えることすべてが好きな人に向かってしまう。

でも、水瀬も光風堂の和菓子を愛してくれるお客のうちのひとり。代表して彼を想って作ってもいいだろうという結論に達した。

目を逸らしてうつむくと、水瀬は奈々の肩を引き寄せた。その髪に水瀬が柔らかなキスを落とす。

ドキッとした奈々が顔を上げると、そこには水瀬の甘い眼差しがあった。蕩けるんじゃないかと思えるほどの甘さと熱っぽさに、奈々の鼓動が急加速していく。

水瀬の指先が奈々の頬にそっと触れ、そこから顎へと伝う。早くもこの先に訪れる展開を想像して、奈々の頬は熱をもち、身体には妙な力が入った。

水瀬の指先に導かれるように奈々が顎を上げると、静かに、そっと唇が重なる。触れるだけのキスは次第に深くなり、ゆっくりと差し込まれた水瀬の舌が奈々の口内を優しくかき回した。

その繊細な舌使いに、強張《こわば》っていた奈々の身体が解けていく。どんどん熱くなっていくキスが、奈々の気分を昂《たかぶ》らせた。

最後に唇を軽く吸い上げた水瀬が、奈々を強く抱きしめてから引き離す。

「今夜はここに泊まっていきたいけど、明日の朝、もう一度九州に飛ばなきゃならないんだ」

「……そうなんですか」

(残念だな……)

このまま朝まで水瀬とふたりで。そんな気持ちになったのは否定できない。

「そんな顔をされると、奈々を一緒に連れていきたくなる」

水瀬が困ったように笑う。

(やだ、私ってば……)

彼に迷惑をかけるわけにはいかないと、奈々は「ごめんなさい」と慌てて笑顔を浮かべた。

「無理に笑わなくてもいいよ。そんないじらしいことをされると、かえって逆効果」

水瀬は隙を突いて、奈々に軽く唇を重ねた。

不意打ちのキスに奈々が戸惑っていると、「可愛いくてたまらない」と水瀬がもう一度引き寄せる。

「今夜は思いがけず奈々の気持ちを聞けて嬉しかったよ。本音を言えば心だけじゃなくすべてが欲しかったけど、それは次の楽しみに取っておこう」

水瀬のストレートな言葉が奈々の心拍をぐんと跳ね上げる。うっかりそのシーンを思い浮かべて、奈々は耳まで赤くなった。

「……水瀬さん、大好きです」

伝えても伝えても、〝好き〟を言い足りない。その言葉は大きな渦のように、次から次へと奈々を巻き込んでいく。昨日よりも今日。一時間前よりも今。現在進行形の想いに息苦しさすら感じる。

「奈々、本当に嬉しいよ。俺も大好きだ」

水瀬は何度もそう言っては、奈々を強く抱きしめた。

幸せの余韻をいつまでも

カーテンを勢いよく開け放ち、窓を開けて朝の清々しい空気を胸いっぱいに吸う。昨夜は嬉しさのあまり興奮してほとんど眠っていないが、水瀬と心を通わせ、奈々の気持ちは軽やか。大好きな人に大好きだと言ってもらう幸せを噛《か》みしめる。

新作の和菓子も完成し、今日からは花いかだでも光風堂の和菓子がお客に出される予定になっている。あとは、売上が伸びるのを祈るだけ。

奈々は気を引きしめると、「頑張ろう」と両手で拳《こぶし》を握って自分に喝を入れた。

「では、よろしくお願いします」

清人とふたりで作った和菓子を、花いかだへ運ぶ業者へ手渡す。今日の品は、ひと口みつ豆に水まんじゅう、枝豆かん、それから新作のあじさいかんだ。

(どうか花いかだのお客様にも喜んでいただけますように……)

奈々は心の中で強く祈りながら、和菓子を載せた車を見送った。

「うまくいくといいですね」

　隣で一緒に見送る明美も奈々と同じ気持ちのようだ。明美はパンパンと手を叩き、神様にでもお願いするように拝んだ。

「さっき出していただいた和菓子って、これですか?」

　流暢な日本語で声をかけてきたのは、中国人らしき女性グループのひとりだった。ショーケースを覗き込んであじさいかんを指差す。

「はい、そうです。昨日完成したばかりの新作で、色づけした寒天でういろうを包んでいます」

「とても綺麗」

　奈々の説明に頷きながら、女性は後ろにいるほかの女性たちと中国語でやり取りをする。

　奈々は中国語を話せないが、おそらくあじさいかんの説明をしてくれているのだろう。身振り手振りからそう推測できた。

「では、それをえっと……八つください」

　指折り数えてから女性が注文をする。

「ありがとうございます!」

奈々は笑顔いっぱいに返す。

あじさいかん、初のお客だった。

その後もあじさいかんの評判は上々。別の商品もつられるようにして、これまでに比べて売れ行きはよかった。

「奈々さん、今日はいつもより残りが少なくないですか?」

「そうなの、明美ちゃんも気づいた? 今計算してみたけど、これまでの平均の廃棄ロス率より一ポイントも低いの」

「すごーい。奈々さんの新作がお客さんを呼んだんですね!」

明美は嬉しそうに胸の前で手を組んだ。

サービスとして試食を出すようになってから十日あまり。少しずつ動きが感じられ、奈々の心もワクワクしていた。


水瀬から奈々にメールが入ったのは、四日後の午後五時過ぎのこと。

【一時間後に店に行くから、すぐに出られるようにしておいて】

水瀬は九州出張から今日の午後帰ってきたらしい。朝の十時に届いたメールには

【これから飛行機に乗る】と書かれていた。

一時間後には水瀬に会えると思うと、自然と奈々の頬は緩む。奈々のご機嫌な様子に気づいた明美は「何かいいことでもあったんですか？」と探りを入れてきた。

「ううん」

奈々は首を横に振るが、こぼれる笑みはどうにも隠せない。閉店してからは、いつ水瀬が現れるかと胸を高鳴らせた。

「それじゃ、奈々さん、お先に失礼しますね」

明美が店のドアに手をかけると同時に、向こう側から扉が開け放たれた。

「水瀬さん⁉」

明美が手を口にあてて飛び上がる。

「すみません、もう閉店しちゃったんです」

水瀬は謝る明美に「今日は奈々さんをいただきにまいりました」と、冗談ぽく爽やかな笑顔を向ける。

「え⁉　奈々さん⁉　それはどういう……。あ、もしかして！」

明美は奈々と水瀬を交互に見やり、目をこれ以上見開けないほどに丸くした。

「おふたりって、そういう関係に⁉」

「明美さん、実はそうなんだ。これからはちょくちょく顔を合わせるかと思うからよろしくね」

「明美ちゃん、そうなの」

水瀬に奈々が続く。

まるで切り取った写真のように明美はしばらく口をあんぐりと開けたままでいたが、しばらくして意識を取り戻した。

「突然すぎてびっくりです」

「そうだよね。驚かせてごめん」

「いえいえ！　お似合いのおふたりですから！　これから奈々さんをどうぞよろしくお願いします」

明美は深く頭を下げたかと思えば、無理やり水瀬の手を握りぶんぶんと上下にシェイク。そして大きく手を振りながら店を出ていった。

水瀬と明美の背中を見送り、ふたりで顔を見合わせる。

「すごく元気な女性だね」

「はい、いつも彼女の明るさに助けられています」

売上が不振でも、彼女の朗らかな人柄のおかげで店が暗く陰気なものにならずに済んでいる。それは明美のなせる業だろう。

「奈々」

水瀬はそれまでの爽やかな表情に甘さをひそませて、奈々の手を取る。

その切り替えの早さに奈々の胸はトクンと音をたてた。そのままそっと引き寄せられ、水瀬の腕に抱き込まれる。

「奈々、会いたかった」

水瀬の声は、たった四日離れていただけだとは思えないくらいに、切実さを感じさせる。

奈々はその声に胸の奥がキュッと縮まる想いがした。

恋をすると人は欲張りになる。片想いのうちは、想いが届きますようにと。相思相愛になれば、もっともっと相手の気持ちが欲しくなる。それは奈々にも言えることだ。水瀬とさらに親密になりたいと願っている。

「私も会いたかったです」

水瀬が奈々を引き離し、ほんの数秒間、唇に触れる。それは物足りないと思うほどの短いキスだった。

奈々のそんな気持ちに気づいたか、水瀬は目元を細め、優しく奈々の髪を撫でた。

「時間はいくらでもある。続きはあとでゆっくり」

水瀬の運転する車は、ネオンがきらめく街を走っていく。

助手席に乗せられた奈々は、どこへ行くのだろうかと窓の外を流れる景色を眺める。

車は首都高を走り、レインボーブリッジをちょうど渡り終えた。

「どこに連れていくの？って顔だね」

「あ、はい」

急に話しかけられてパッと横を見ると、水瀬はクスッと笑った。

「何も心配いらないよ」

「水瀬さんと一緒なので心配はしていないです」

どこへ行こうが、奈々は水瀬がいれば不安に思うことは何ひとつない。それよりも、どこへ連れていってくれるのかと期待に胸を躍らせている。

「それは嬉しいね。ところで、店のほうはどう？」

「試食としてお客様にお出しするようになってから、わずかですが売上は伸びています。土曜日から花いかださんにも商品を卸させていただくようになりました」

「それはよかった。依子さんはなんて？」

「お客様からの評判はいいみたいなのですが……」

花いかだに来店するお客は舌の肥えた人ばかり。もしかしたら依子が奈々を傷つけないように言ってくれたのかもしれない。もしもそうだとしたら、今後は遠慮したいと言われる可能性だってある。

「大丈夫だよ」

黙り込んだ奈々を水瀬が即座にフォローする。水瀬がすごいのは、何も言わずとも奈々の気持ちを読み取るところである。

「光風堂の和菓子に自信を持つんだ」

水瀬に言われるだけで、本当に大丈夫だと思える。

「そうですよね。ありがとうございます」

奈々が笑いかけると、水瀬の横顔にも笑みが浮かんだ。


それから程なくして、車はあるホテルの地下駐車場で停められた。ホテル・ミラージュ横浜《よこはま》。エステラと並ぶ高級ホテルだ。

エレベーターでフロントのある階に到着すると、煌《きら》びやかなシャンデリアとゴージャスで大きなアレンジフラワーに出迎えられた。

さり気なく腰を抱く水瀬にエスコートされる奈々は、胸の高鳴りを抑えられない。

ロビーまで来ると、水瀬は「ちょっとここで待ってて」と奈々に言い、フロントで手続きを始めた。

（もしかしたら、このホテルの部屋に直行するの……？）

奈々は自分の気持ちを伝えた夜を思い返す。甘いキスのあと、『続きは次の楽しみに』と水瀬に言われた言葉が、今の状況に繋がっているように思えた。

（どうしよう。緊張してきちゃった……）

高鳴る胸が抑え切れない。このまま身体ごと空にふわりと浮かんでしまいそう。

ところが奈々の焦りとは裏腹に、水瀬は奈々をレストランの前まで連れてきた。

「ここで食事をしようと思って」

「あ……食事なんですね」

ホッとするやらがっかりするやらで、奈々の心は大忙しだ。

「部屋に連れていかれると思った？」

いたずらっぽい水瀬の表情に奈々の鼓動がドキンと弾む。やはり、また心を読まれてしまった。

「い、いえっ……」

否定してみるものの、事実が伴っていないから一気に頬が火照《ほて》る。

うつむいた奈々を水瀬は優しく引き寄せたかと思えば、掠めるようにして頬に唇で触れた。

奈々は水瀬の言動ひとつひとつに翻弄されるばかり。ほかに交わすべき言葉を見つけられず、黙って水瀬のエスコートに身を委ねた。

奈々が連れられてきたのは鉄板焼きの店。ふたりは大きな鉄板が目の前にあるカウンター席に案内された。天然木の一枚板のテーブルの上に吊るされたペンダントライトが、店内を柔らかく照らしている。温かくノスタルジックな空間だ。

カウンターの中にはマーケット風にディスプレイされた新鮮な食材が並び、シェフに希望を伝えると、それを使って料理をしてくれるスタイルらしい。

初めてこういう店に来た奈々はオーダーのすべてを水瀬に任せ、目の前でシェフが華麗に仕上げる料理に見入った。

軽やかな酸味のポン酢ジュレのアワビも、ごまだれで食べる黒毛和牛のステーキも、出される料理は皆「美味しい」という率直な感想しか出てこない。分野が違うとはいえ、奈々も食を扱うプロ。ほかに感想はないの？と自分に苦笑いだった。

「今夜は、奈々にこれを食べてほしかったんだ」

コースのラストを飾るデザート。水瀬はそれを奈々に見せたかったと言う。

一見すると豆腐。しかしシェフが鉄板で焼き始めたそれは、なんとアイスクリームだった。

十センチ四方のバニラアイスの塊を鉄板に乗せ、風味づけのためか、そこにラム酒をかけると一気に炎が燃え上がる。熱い鉄板の上なのに、アイスクリームは意外と溶けずに残っている。

それを皿に移し替え、今度は鉄板に溶けて残ったアイスクリームにオレンジピールを練り込んでいく。おそらくソース作りだろう。クリーム色に変わったソースを皿のアイスクリームに華麗な手さばきでかけた。そこにレモンを添えて完成だ。

アイスを鉄板で焼く思いがけないデザートを前にして、奈々は情けなく口を半開きにしていた。

「食べてみて」

水瀬に促され、スプーンですくい口へ運ぶ。

適度に軟らかくなったバニラアイスはとろっとして、舌触りがとてもいい。ラム酒とオレンジの風味が鼻からふわっと抜けていった。

「……美味しい」

　ここでも奈々の口から出るのは、お決まりの言葉。水瀬は単純明快な奈々の感想に軽く笑みを漏らした。

「鉄板焼きアイスクリームが、奈々の創作のヒントになればいいと思ってね」

　水瀬は和菓子職人としての奈々のために、ここへ連れてきてくれたのだ。意外性のあるデザートが、奈々の創作意欲を刺激するのを願って。

　水瀬の思いがけない粋な計らいが、奈々の心を大きく揺さぶった。

「ありがとうございます。お料理だけじゃなくて、何から何まで、水瀬さんには本当によくしていただいて……」

　デートだと思って浮かれていた自分が恥ずかしい。

　鉄板焼きアイスクリームという珍しいデザートを前にしても、水瀬が〝創作のヒント〟との言葉をくれなければ、和菓子に意識を向けられなかっただろう。

　常に新たな発見を探して仕事に結びつける。それでこそプロなのだと、水瀬に教えられた気がした。

「下心があるってことは忘れないで」

　感動している奈々の耳元に水瀬の息がソフトにかかる。

「夜はまだ始まったばかりだからね」

ドキッとする言葉を囁かれ反射的に水瀬を見ると、いつもの優しい瞳が妖しく細められた。

鉄板焼きのレストランをあとにし、水瀬に肩を抱かれて奈々がやってきたのは、高層階のスイートルームだった。

書斎、ベッドルームなどがゆったりと贅沢《ぜいたく》に広がり、ロココ調の調度品はエレガントで、どことなくクラシカルな雰囲気を醸しだしている。毛足の長い上質なカーペットの上を歩くだけで、ふわふわとした心地になれた。

リビングスペースには何個にも連なった天井までの大きな窓があり、そこからはベイブリッジや観覧車が一望できる。

「わぁ、綺麗……」

奈々は思わず窓に近づき、眼下に広がる揺らめく夜景に見惚れた。

ミラージュ横浜と同クラスの高級ホテルに出店しているが、豪華な客室に足を踏み入れた経験は一度もない。

（水瀬さんは、いつもこんな部屋に泊まっているのかな。私、すごい人の恋人になっちゃったんだ……）

水瀬は、奈々のように部屋を見て感激する様子はなく、むしろ慣れた感じだ。世界的にも有名な企業の支社長なら、それも当然なのだろう。

いつまでも窓にへばりつくようにしている奈々を水瀬が後ろから抱きすくめる。

「ここからの時間は仕事を忘れて、俺のことだけを考えて」

水瀬に甘く囁かれ、心がふわっと浮き上がる。でも、そう言われるよりずっと早く、奈々の頭の中は水瀬でいっぱいだ。

身体を反転させられた奈々は、すぐに唇に水瀬を感じた。優しいキスも束の間。水瀬の舌が歯列を割って奈々の口内に侵入して動き回る。強引だけど決して乱暴ではない。ただ、これまでになく性急なキスが、奈々の背筋に甘いしびれを走らせた。

窓に背中を押し当てられ、息もつけない口づけが奈々の心も身体も高揚させていく。スーツのジャケットを脱がされ、水瀬に抱き上げられて身体が宙に浮いた。

奈々が下ろされたのは、隣の部屋の大きなベッドの上。ワイシャツを脱ぎ、均整のとれた逞しい身体をした水瀬を見て、奈々の心臓は異様な速さで脈を打っていく。

彼の手によってブラウスを脱がされた奈々は恥ずかしさに身体をよじったが、水瀬はキスを続けながら下着にも手をかける。あらわになった部分を隠そうと奈々が伸ばした手は、水瀬に拘束された。

「ずっと奈々のすべてが欲しかった」

熱く見つめる水瀬の視線に奈々の心は焼けつきそうになる。心だけじゃない。身体の奥から熱いものが溢れて、じんとしびれる。

「私もです……」

奈々がそう返すと水瀬は目元に微かな笑みを浮かべてから、首筋に唇を這わせていく。反応を確かめながら触れる水瀬の繊細な指先のタッチが、奈々を高みへと導く。

そうして全身にキスの雨を降らされた奈々の口からは、乱れた甘い吐息だけが次々と漏れた。


こんなにも幸せな時間があることを知らなかった。大好きな人に想いが通じて、その人に抱かれる。そのひと時が奈々の心を満たし、なんとも言えない気分にさせた。

一緒に果てたベッドで、奈々は水瀬の腕に抱かれて余韻に浸っていた。

(このまま時間が止まればいいのに)

そう願わずにはいられない。

「奈々」

優しい声で名前を呼ばれて腕枕から顔を上げると、水瀬は奈々の額にキスをひとつ落とした。

「水瀬さん、大好き」

奈々が水瀬に強くしがみつく。

奈々の口から思わずこぼれた感情が水瀬の唇をもう一度呼び寄せ、再び唇に触れる。

「今の言葉、名前で言ってみて」

「……えっ？」

「晶と呼んでほしい」

改まって言われると恥ずかしくて、奈々が「でも……」と躊躇《ためら》う。

「呼んでみて」

水瀬の切なる願いと吐息を唇に感じ、それだけで奈々は目眩《めまい》すら起こしそうになる。

「奈々、愛してる」

畳みかけるひと言が奈々の胸に深く響いた。

「私もです。愛してます、晶さん」

そう言った途端、晶が奈々の唇を塞《ふさ》ぎ、ふたりの熱はすぐに芽吹く。何度キスをしても、幾度となく晶を受け入れても、奈々はまだまだ足りない気がした。触れるごとに愛が募り、その想いを伝えたくて心が震える。

ふたりが眠りについたのは、遠い東の空がわずかに白み始める頃だった。

心地よい温もりを背中に感じながら、奈々は夢と現《うつつ》の間を揺らめいていた。腰に巻かれた晶の腕が奈々を引き寄せる。そこで目が覚めた奈々はベッドサイドの時計を見てハッとした。身体を反転させ、晶を揺り動かす。

「晶さん、急がないと仕事に遅れちゃいます」

眠そうに片方ずつ瞼をこじ開けた晶は、掠れた声で「おはよう」と奈々にキスをして抱きしめた。朝から漏れる色香に奈々はクラクラする。

「あ、あの、晶さん、そうじゃなくて時間が……！」

時計は無情にも八時を指している。ここから都内までは最速で一時間。渋滞に巻き込まれれば、それ以上だ。このままだと晶は仕事に遅れてしまう。

「今日は大丈夫」

そう言って、晶が奈々をさらに強く抱きしめる。

（……大丈夫って？）

その腕の中で不思議に思いながら奈々が見上げると、晶はいたずらっぽく笑った。

「出張続きだったから今日は休む」

「えっ、大丈夫なんですか⁉」

　思わず上体を少し起こし、奈々が晶に聞き返す。

　まるで子供が『今日はあんまり行きたくないから学校を休む』と言っているような口調だったから、奈々は心配になる。それと同時に自分が何も身に着けていないことに気づき、すぐにベッドの中に潜り込んだ。

「これでも一応支社長だからね。もともと出勤時間だって、あってないようなもの。奈々も今日は休みだろう？」

「はい」

　毛布を鼻の下まで引き上げ、晶を見つめる。

　木曜日は光風堂の定休日。幸いにも、昨日から取引を始めた花いかだも木曜日は休みだ。

「いい機会だ。今日はふたりでゆっくり過ごそう」

　晶と休みを過ごすのは初めて。昨夜の余韻に後ろ髪を引かれながら、今日は晶を早々に見送らなければならないと思っていた奈々は、予想外のサプライズに晶に抱きついた。

「嬉しい……！」

晶が身体を起こし、奈々はベッドに組み敷かれる。それと同時に降ってきたのは、優しいキスだった。

好きになったらいけない。そう心にブレーキをかけていた頃の自分に伝えたい。こんなにも愛してくれる人の胸に、飛び込むのを迷う必要はないと。

奈々は想いのたけを込めて、晶のキスに応える。

「……煽《あお》るな。止められなくなる」

奈々にそんなつもりはなかったが、晶の手が素肌をさらしている奈々の胸の膨らみに伸びてきた。

「えっ、でも……」

太陽はとっくに昇り、カーテンの隙間から差し込む光が部屋を照らしている。

(明るい場所で、しかも朝からなんて……!)

抵抗のつもりで身体をよじり手で隠そうとするが、とうてい敵うはずもない。

「ダメ。奈々のせいだ」

奈々の両手は晶の片手に簡単に拘束され、晶が熱っぽく見つめる。いつも紳士的な晶だからこそ、そのギャップに奈々の心は乱される。

「本当は余裕なんて、ぜんぜんないんだ。奈々相手だと歯止めが利かなくなる」

奈々は、花いかだの駐車場で突然抱きしめられた時のことを思い出した。晶の衝動的な行動に驚いたが、それもまた今の晶の言葉を裏づけているようにも思える。

いつもしっとりと落ち着いた大人の振る舞いの晶が、奈々に対してだけ自分を見失うほどに愛してくれる。そう思うと、胸の奥がキュッと縮まり、身体の芯がしびれて熱くなる。

「晶さん、嬉しい……」

そう答えた奈々の唇は、妖しく目を細めて微笑んだ晶に塞がれた。


チェックアウトの時間ギリギリまで部屋で過ごしたふたりは、ホテルのラウンジでブランチをとり、赤レンガ倉庫界隈《かいわい》をゆっくりと歩いた。

そのあとは、みなとみらいの観覧車に乗り、中華街では奈々の顔と同じくらいの大きさの肉まんをふたりで半分ずつ食べ、元町のオシャレな店にふらりと立ち寄る。

晶との楽しい時間は瞬《またた》く間に過ぎ、あっという間に別れの時間となった。

晶の車で奈々のマンションへ着くと、晶はハザードランプをつけて車から降り立った。大切なものを扱うように奈々の腰を抱き、エレベーターで五階まで上がっていく。

ふたりで過ごした時間が楽しければ楽しいほど、離れるのがつらくなる。部屋が果てしなく遠ければいいのにと思わずにいられなかった。

とはいえ、その距離はたかが知れている。無情にも着いた部屋の前で、晶は奈々をその腕にギュッと抱きしめた。

「奈々のおかげで楽しい時間を過ごせたよ。明日からまた頑張れそうだ」

「私もすごく楽しかったです」

奈々は笑顔で言ったつもりだったけれど。

「そんな悲しそうな顔をしないで。帰れなくなる」

晶を困らせたようだ。

「そうですよね、ごめんなさい」

それなら帰らないでとは、さすがに言えなかった。重い女だと思われるだろう。

気を取り直して微笑み返す。

「また連絡するから」

「はい。おやすみなさい」

手を軽く振りながら玄関のドアを閉め、奈々は晶の足音が遠ざかるのをドア越しに聞いていた。

「奈々さん、なんだか今日はいつにも増して綺麗ですけど、昨日エステとか行きましたか？」

光風堂で和菓子を購入してくれたお客を奈々が見送っていると、明美が顔を覗き込んでじっと見つめた。

「エステ？　ううん、行ってないけど？」

昨日はずっと晶と一緒だった。そもそもエステ自体、奈々には未知の世界である。

「えー？　そうなんですか？　お肌はツヤツヤだし、なんかこう内面から美しさがにじみ出てるっていうか……」

明美はさらに顔を近づけてからすぐにピンときたのか、その目に光が差した。

「もしかしたら昨日、水瀬さんとデートとか？」

まさにそう。あまりにも察しのいい明美に奈々は「えっ」と言って固まる。瞬間的に晶と過ごした甘くて幸せな時間が蘇り、頬が上気した。

「やっぱり！　奈々さんはもともと綺麗ですけど、今日は輪をかけていますもん！」

「そんなことないから……！」

褒めすぎとも思える明美の言葉に、奈々はますます恥ずかしい気持ちになる。

「そうかぁ、そうなんだぁ。あんな素敵な人が恋人なんて本当にうらやましい」

明美は夢見るように手を組んで肩を揺らした。

素敵な人。本当にその通りだと奈々も思う。優しく紳士的でエリート。何よりも奈々を一番に考えてくれる晶と恋人同士になれるとは、出会った頃の奈々は思いもしなかった。

晶のことを考えるだけで胸が熱くなり、今すぐにでも会いたい気持ちが溢れてくる。

「奈々さん、幸せそう」

「……うん。とっても幸せ」

奈々は正直に頷いた。

水瀬が見せてくれた焼きアイスクリームも、奈々の創作意欲を刺激した。次はどんな新作を作ろうかと、頭の中であれこれ考え始める。

「あぁ……私も早くそんな人に出会えないかなー」

「明美ちゃんもきっと」

明るく素直な明美なら、そう遠くない未来に。奈々は満ち足りた想いで明美を優しく見つめた。

その日の閉店後。奈々が店を閉めてエステラの通用口から出ると、少し離れた木立のそばに佐野が立っていた。晶と光風堂で鉢合わせして以来になる。

奈々を見つけ、佐野が駆け寄った。

「奈々、お疲れ」

「佐野くん、どうしたの？」

佐野がこうして外で奈々を待っているのは初めてだ。光風堂に直接来るのが常だったからだ。

「どうしたのじゃないよ。昨日から何度か連絡入れてるのに、ぜんぜん折り返しもメールの返信もないから、何かあったのかと思ったじゃないか」

「あ、ごめん……」

奈々はギクッとした。

佐野からの着信とメールに気づいたのは、晶に送り届けられたあと。夜の十時を過ぎていたため、電話もメールも控えたのだ。朝を迎えたら、今度は仕事があったため、うっかり忘れていた。そうとは決して言えないけれど。

「でも、どうしてここで待ってたの？　お店に顔を出してくれればよかったのに」

「今日は客で来たわけじゃないから、邪魔しちゃ悪いと思ってさ」

（客で来たわけじゃない？　それじゃなんだろう？）

奈々がポカンとしていると、佐野は小さくため息をついた。

「メシでも食いに行こう。話があるんだ」

そう言いながら足を踏み出した佐野を奈々は「待って」と引きとめる。

「ごめん。一緒に食事には行けない」

「……なんで？」

佐野は眉をひそめ、ゆっくりと身体を反転させた。

「実は……」

晶と正式に付き合う以上、ほかの男性とふたりきりで食事に行くわけにはいかない。そういった点では、奈々も律儀な性格かもしれない。

「この前の電話の男？」

「え？」

「俺が奈々に電話した時に男の声がしただろう。アイツとまさか……」

晶に連れられて花いかだに行った時のことだ。車を降りたタイミングで奈々のスマホには佐野からの着信があり、話している最中に晶がわざと聞こえるように〝奈々〟と呼んだことを思い出す。

「うん。実はその人とお付き合いしてるの。佐野くんも一度お店で会ったよ」

佐野は視線を宙に彷徨《さまよ》わせて考えるようにしてから、再び奈々に目を合わせた。

「……ネクサス・コンサルティングの支社長？」

奈々がコクンと頷く。

「マジかよ……」

佐野は独り言のように呟いてから、自分の頭をくしゃっとかきむしった。

「電話の時に嫌な予感はしたんだ。このままうかうかしてたら、奈々をとられるって。だから今日、はっきりと言おうと思って。それなのにこのザマか……」

その言葉に奈々は唖然《あぜん》とする。佐野が自分をそんなふうに想っているとは、全く考えもしていなかった。佐野と知り合ってから五年。これまで彼を恋愛対象として見たことはなかったし、それは佐野も同じだと考えていた。あまりにも唐突で、あまりにも衝撃的。

「その顔は気づいていなかったって顔だな」

「あ、うん、ちょっとびっくりした」

「それ知って、どう思った？」

佐野が畳みかけるように質問をする。何かを期待するかのように瞳が揺れていた。

（どうって……）

言葉に窮する奈々を見て、佐野の目は落胆の色を滲《にじ》ませる。かといって、彼を喜ばせるようなことは言えない。無責任すぎるから。

「はぁ……、なんとも思わないか」

肩を上下させた佐野の口から大きなため息が漏れた。

「だからね、びっくりしたって」

「そうじゃなくて。心が揺れたりしなかったかって」

奈々の気持ちが完全に晶に向いている以上、揺れようがない。ただ、そこまではっきりとも言えず、奈々は目を瞬かせて佐野を見つめるばかり。

「可能性ゼロか」

奈々が何も言わずとも理解したらしい。佐野はさっきよりも大きく息を吐き出し黙り込んだ。

ふたりのやり取りを遠巻きに見ながら、ホテルの従業員が通用口から次々と出てくる。関心と無関心の間を行ったり来たりするような視線が、どことなく痛い。

このまま放って帰るわけにはいかず、佐野が動きだすのを奈々はひたすらじっと待った。

「わかったよ」

数分後、佐野がようやく口を開く。吹っ切れたよりは、諦めにも似た表情だ。

「玉砕確定。ま、グズグズしてた俺の痛恨のミスだな」

「……ごめんね」

「余計に惨《みじ》めになるからよせよ」

思わず謝った奈々の肩を佐野が軽く小突く。

確かに佐野の言う通りかもしれない。自分が逆の立場だったら、謝られたくない。

「じゃあ、俺がフラれた記念で、一杯付き合ってくれよ」

「ううん、行けない」

「そのくらいいいだろう？」

「ダメだよ」

もしも晶の耳に入ったら、きっといい気分はしないだろう。晶が別の女性とふたりきりで食事をしたら、奈々だって平静ではいられないから。

「固いな、奈々は」

「彼を傷つけたくないから」

固いのかどうかはわからないが、晶の嫌がることはしたくない。

「はぁ……悔しいな、全く。ま、いいや。いっそ清々しい」

ようやく諦めがついたか、佐野が笑みを浮かべる。

「ないとは思うけど、何かあったら相談には乗るぞ」

「ありがとう」

「じゃ、またな」

奈々に背を向け、佐野は右手を振りながら去っていった。


花いかだの依子から奈々に電話が入ったのは、それから五日後の開店直後のことだった。

『この前もちょっとお話ししたけど、光風堂さんの和菓子、あれからもとても評判がいいのよ』

挨拶を交わしたあとの依子の言葉は、奈々を喜ばせるには充分すぎるほど。

「本当ですか⁉」

つい大きな声が出る。厨房にいたため、その声に驚いた清人と道隆が揃って顔を上げた。

『ええ。皆さん〝美味しい〟って。見た目も綺麗だから、お出しするたびに感嘆のため息が部屋に溢れるのよ』

視覚を楽しませるのも、和菓子の醍醐味《だいごみ》のひとつ。味はもちろん、美しく繊細な見た目を心がけて作った奈々には、何よりの褒め言葉だ。

「ありがとうございます。そんなご報告を聞けて、とても嬉しいです」

奈々の声も弾む。想像以上の反応だった。

『私も、お客様の喜ぶ顔を見られて嬉しいの。奈々さんのおかげよ。それでね、もしかしたら近々そちらに大口の注文が入るかもしれないわ』

依子によると、お遣い物にしたいとのお客がいたと。なんでも国会議員らしく、くれぐれもよろしくと、奈々は依子に繰り返しお願いされた。

花いかだは政財界の人も多く利用していると晶が言っていたが、依子の様子からしてみても、かなりの上客のようだ。

奈々は身の引きしまる思いで、依子に「承知いたしました」と返して電話を切った。

「奈々さん、なんの電話だったんですか？」

「花いかださんからだったんですけど、うちの和菓子の評判がとてもいいそうです」

「それはよかった」

口元を引きしめていることの多い清人の顔が華やぐ。道隆も「やりましたね、奈々さん！」と満面の笑みだ。

「清人さんが力を貸してくださっているおかげです」

「いや、私は当然の仕事をしているまでですから。奈々さんの頑張りですよ」

奈々は、清人の優しい気遣いが嬉しかった。

もちろん奈々ひとりの頑張りでないのはわかっているが、それを認めてくれる人がいるのはとても心強い。

「私、もっと頑張ります」

「あまり無理せずにお願いしますよ。奈々さんが倒れたら元も子もありませんからね」

清人の言うことはもっとも。今、無理をしすぎて倒れるわけにはいかない。

「ありがとうございます。ほどほどにやりますね」

両手で拳を握って胸の前でひと振り。清人も道隆も片手で拳を作り、それに応えてくれた。

奈々が厨房を出ようとすると、ちょうどいいタイミングでスイングドアから明美が顔を覗かせる。

「奈々さん、お客様です」

「はい。すぐに行きます」

店に出てみれば、そこには三十代前半くらいのスーツ姿の男性が立っていた。

綺麗に整えられた黒髪には一切乱れがなく、くっきりとした二重瞼は鋭さを秘めているように見える。上質な仕立てのグレーのスーツはスリムなデザインで、スタイルのよさを際立たせていた。端正な顔立ちをしているが、どことなく気難しそうな雰囲気をまとった男性だ。

その男性は奈々を見て一瞬、目を見張った。

「あなたが春川奈々さん？」

「はい。私が春川ですが……」

「私は小田高弘《おだたかひろ》の政策秘書の、宮内蓮也《みやうちれんや》と申します」

名乗りながら、彼が奈々に名刺を差し出した。

小田高弘と言ったら何期にも亘り国会議員を務め、法務大臣を歴任した経験もある大物だ。その名刺を見て、奈々はつい先ほどの依子との電話のやり取りを思い出した。

「驚いたな。こんなに若い女性が和菓子屋の主人とはね」

奈々の頭のてっぺんからつま先まで視線を滑らせた宮内は、もの珍しそうな目で微笑む。

（なんだかちょっと苦手なタイプだな）

彼に対する奈々の第一印象は、あまりいいものではなかった。

「ここの和菓子を大量に必要としているんだけど、予約ってできるかな」

国会議員の秘書だからなのか、自分はほかの人間とは違うといった意識が働くのかもしれない。どことなく横柄《おうへい》な言い方だった。でも、お客に変わりはない。奈々は冷静に「はい」と返した。

「お日にちはいつでしょうか?」

「今度の土曜日なんだけど。無理?」

土曜日と言ったら三日後だ。数にもよるが準備には充分だろう。

「どのくらい必要でしょうか」

「そうだなぁ、例えばここに並んでいる和菓子を四種類ひと組にして箱詰めにして、それを五百箱分」

それはまたずいぶんと多い。

奈々が目を丸くして驚くと、「やっぱり無理だよね」と宮内が軽く笑う。なんとなくバカにされたような気がした奈々は、「いえ、できます」と少し強い口調で言い返した。

「それはよかった。実は昨夜、花いかだで出された和菓子を小田がとても気に入ってね。今週末にある小田の支援者懇親会でお土産に配りたいと」

「つい先ほど、花いかださんからご連絡をいただきました。もしかしたら大物のお客様がお見えになるかもしれないと」

「さすが依子さん。華麗なる手回しだな」

宮内は肩を揺らしてクックッと笑った。

宮内によると、その懇親会はここエステラで開催されるらしく、当日の午後三時までに鳳凰の間に届けてほしいと言う。和菓子の組み合わせはこちらのお任せでいいと言ってもらえた。同じホテル内であれば配送コストもかからず、光風堂には願ったり叶ったりだ。

宮内は何か変更があった時のためにと、奈々のスマホのナンバーを聞いてから「よろしく」と言って店をあとにした。

それにしても五百箱分、和菓子二千個ともなると相当な量になる。勢いで引き受けたが、大丈夫だろうかと今になって不安になってきた。

奈々は早速厨房にいる清人に特注が入ったと相談。

「夜が明ける前からふたりで作り始めれば大丈夫でしょう。せっかく入った大きな仕事ですから頑張りましょう」

清人の頼もしさに助けられた。

奈々ひとりで作るわけではない。清人もいるのだから。何より橋渡しをしてくれた依子の顔を潰すわけにはいかない。

「ありがとうございます、清人さん」

奈々は決意も新たにしたのだった。


その夜、奈々は初めて晶のマンションを訪れていた。

それは閑静な住宅街に建つ低層の高級マンションで、広大な庭まで持ち合わせている。ダークグレーの外観は重厚感があり、マンションというよりは美術館や博物館に見える。二十四時間対応可能なフロントデスクにはコンシェルジュがいて、入居者の様々な要望に迅速に対応しているそうだ。

大きなシャンデリアが吊るされた大理石の広いロビーを抜け、三重のセキュリティの先の三階に晶の部屋がある。

リビングダイニングとベッドルーム、書斎に洋室が二部屋と、どの部屋も余裕を持たせた造りが開放的。インテリアコーディネーターに任せたという部屋はさり気なく高級ブランドを使い、モノトーンで落ち着いた雰囲気である。

晶が淹れてくれたコーヒーを飲みながら、奈々はつい部屋を興味津々にキョロキョロロと見る。そんな奈々を見て、晶はクスッと笑みをこぼした。

「そんなにもの珍しい？」

「とっても豪華で素敵な部屋だなーと思って」

さすがはネクサス・コンサルティングの支社長。庶民が暮らす部屋とは一線を画している。

「それじゃ、一緒に住む？」

「えっ？」

部屋へ向けていた視線を一気に晶へ向ける。冗談なのか本気なのか。晶はニコニコと笑っていた。

「いつかそうできたらいいなと考えてるんだ」

「嬉しいです」

晶とふたりで暮らす。そんな夢のようなことを言ってもらえるとは思いもせず、奈々は嬉しさに胸が高鳴った。

「ところで、お店の状況はどう？」

話が急に真面目な方向に飛んだものだから、奈々は少しだけ面食らいながらコーヒーカップをテーブルに置いた。

「依子さんから今日お電話をいただいたんです。花いかだで好評だそうで」

「そう。それはよかった」

晶の顔がさらにパッと明るくなる。その顔を見た奈々も口元がほころんだ。やはり奈々にとって晶は、一番喜んでもらいたい人なのだと実感する。

「それで今日は、花いかだでうちの和菓子を食べた方が、大口の注文をくださって」

「へぇ、それはすごいね」

「はい。しかも量が二千個なのでびっくりです」

晶もカップをテーブルに置き、奈々のほうへ身を乗り出した。大口の注文に興味を持ったようだ。

「一体どんな人が注文したの?」

「国会議員の小田高弘さんなんです。その秘書の方が今日お店にお見えになって」

「……小田高弘の秘書?」

晶が訝しがって眉間に皺を寄せる。

国会議員からの注文が意外なのかもしれない。奈々自身も、そんな大物から注文が入るとは思いもしなかったのだ。晶がそう思うのは無理もないだろう。

「もしかして宮内って男?」

晶が口にした名前に奈々が驚く。どうして晶が宮内を知っているのか。

「そうです。宮内蓮也さんって方です。晶さん、ご存じなんですか？」

「……大学時代の友人」

どこか不愉快そうに答える。

「晶さんの？」

奈々が聞き返すと、晶は「ああ」と低い声で頷いてから「犬猿の仲だけど」とつけ加えた。

なるほど。あまり仲がよくなかったから、名前を聞いただけで不快に感じたのかと妙に納得する。でも、誰とでも分け隔てなく接するように思える晶にも、そんな相手がいるとは意外だった。

子供みたいに素直に毛嫌いする様子が可愛いく思えて、奈々が笑みをこぼす。

「……なんで笑う？」

「あ、ごめんなさい。なんか晶さんが可愛くて」

「可愛い？」

晶はさらに眉をひそめる。

「はい」

「可愛いなんて言われたのは初めてだよ」

奈々がふふっと笑うと、晶は不満といった表情ではなく照れて笑った。

「大学時代に何かにつけて俺に突っかかってきては競いたがって。ゼミの教授の前でも、ことごとく俺の意見を覆《くつがえ》して得意がっていたんだ」

「晶さんのことがうらやましかったんじゃないですか?」

御曹司とはいえ、現在の晶がコンサルタント会社の支社長として敏腕を奮っていることを考えると、大学時代から相当優秀だっただろう。そのうえ容姿端麗。きっと女性からもとてもモテたに違いない。だからこそ晶を妬《ねた》ましく思ったのではないか。

奈々にしてみたら、晶に敵う者は誰ひとりとしていないけれど、宮内自身も国会議員の政策秘書をするくらいだから優秀なのだろうし、容姿もいいほうだと思う。

晶によると、勝手にライバル視されてかなり迷惑をこうむっていたそうだ。

「大学を卒業してからは全く交流はなかったけど、小田高弘の秘書になったっていう話は友人づてに聞いていたんだ」

「そうだったんですね」

「とにかく奈々もあまりアイツには関わらないほうがいい。嫌な思いをするだけだ」

「はい」

晶に言われる前から、奈々はそのつもりだ。

それほど長く話したわけでもないのに、宮内には好印象を持てなかった。晶も自分と同じように感じたことにホッとしている。理由もなく人を毛嫌いするのは、あまりよくないだろうから。

晶は奈々を引き寄せ、優しくキスをした。

その週の土曜日の午前四時。奈々は清人とふたり、光風堂の厨房で和菓子作りに勤《いそ》しんでいた。

四種類を全部で二千個。それをなんとかお昼までに箱詰めまで完了させたい。中に詰める商品はお任せだと宮内に言われていたので、清人と相談して、新作のあじさいかんと浮島、水まんじゅう、抹茶と白みそ餡の茶巾の四種に決めた。

ういろうをひとつずつ丁寧に手で丸めて、色づけした小さな寒天を貼り合わせていく。そうして五百個並んだあじさいかんは、奈々自身が見ても壮大な光景だ。清人の作る茶巾も順調。

なんとか全種類を作り終え、箱詰めをし始めるとちょうど調理担当の道隆が出勤してきた。彼の手も借りて、すべての工程が完了したのは、開店時間をほんの少し過ぎた頃だった。

奈々は、全身の筋肉が凝り固まっている感覚がした。両手を高く上げて身体を大きく反らせると、背筋が伸びて気持ちがいい。

「清人さん、道隆さん、ありがとうございました」

「なんとかできましたね、奈々さん」

清人も肩から重荷を下ろしたような表情だった。

あとは、これを鳳凰の間に届けて完了。奈々は大きく息を吐き出し、ホッと胸を撫で下ろした。


その日の午後。商品は届けたものの、あれで大丈夫だったのか奈々がソワソワしていると、明美が偵察を買って出てくれた。

それによると、〝小田高弘の支援者懇親会〟は午後四時から無事に始まったらしい。宮内の姿も見かけたようだが、特に和菓子で揉《も》めているような様子はなかったとのこと。ひとまずは何ごともなく、奈々初めての大きな仕事は成功したようだった。

そうして光風堂の閉店まで間もなくという時。懇親会のためか、前回よりもドレッシーな装いの宮内が店に現れた。とはいえ、そこは秘書の立場。光沢感こそあるが、秘書らしくブラックスーツだ。

「いらっしゃいませ。本日はたくさんのご注文をいただきまして、ありがとうございました」

「ひょっとしたら時間に間に合わないんじゃないかと思っていたけど、意外にやるね、春川さん」

なんとなく小バカにされた気がしなくもないが、奈々は笑顔で「ありがとうございます」と返す。やはりちょっと苦手なタイプだ。

「あの、何か不手際《ふてぎわ》でもございましたか？」

「支払いだよ、支払い。それとも小田高弘への寄付の一種と受け取ってもいいのかな？」

「いえっ、それは困ります！」

とんでもないことを言い始めた宮内に奈々が焦る。二千個の和菓子代を踏み倒されたらたまらない。

でも、宮内が直接支払いに来るとは思ってもみなかった。事務所あてに請求書を送り、あとで振り込まれるものだと考えていたのだ。

鼻息を荒くして奈々が抗議すると、宮内は鼻を鳴らして嫌な笑みを浮かべた。

「冗談だよ、冗談」

「じょ、冗談……？」

瞬間的に力の入った奈々の全身が脱力する。

「春川さんって面白いね」

（面白いって……）

奈々は完全にからかわれているようだ。宮内は珍しいおもちゃでも見つけた子供のように目を輝かせた。

奈々はそれを振り切るようにレジカウンターの引き出しから請求書を取り出し、それを宮内に差し出す。晶が宮内を嫌がる理由が身に染みてわかる気がした。

宮内はその金額を確認し、ブリーフケースからお金の入っている封筒を取り出した。

「はい、じゃあ、これで。お釣りはいらないよ。微々たる金額だけど、何かの足しになるだろう？」

（つくづく失礼な人。晶さんが敬遠するのもわかるわ）

そんな宮内に借りは作りたくない。奈々は辟易《へきえき》しながらレジから出したお釣りをきっちりと宮内に手渡した。

「いらないって言ってるのに。本当にいいの？」

「結構です」

奈々にしては珍しくきつい口調になった。

「奈々さん、奈々さん」

不意に明美が奈々を呼ぶ。そちらを見てみれば、晶が店に入ってきたところだった。今日は土曜日だが、いつもと同じくスーツを着ているのを見ると、急な仕事でも入ったのかもしれない。

奈々に向かって軽く手を上げて微笑んだ晶は、すぐそばにいる宮内に気づき、その顔から笑顔を消した。

「水瀬、久しぶりじゃないか」

晶に気づいた宮内も、ふと真顔になる。

「……だな」

「いよいよネクサス・コンサルティングの支社長になったって？　まぁ親父《おやじ》さんの七光りなんだろうが、さすが水瀬だな」

宮内が本当に〝さすが〟と思っているかは怪しい。その目はどこか挑発的だった。

「宮内こそ、国会議員の政策秘書だそうだな」

「ゆくゆくは国政に立候補しようと思ってる」

「宮内ならできるんじゃないか」

晶の言い方は一本調子だった。心が全く込められていない。

奈々はそんな晶を見るのは初めてで戸惑う。お互いに嫌い合っているのが目に見えてわかるふたりだ。

「その時は応援をよろしく頼むよ」

「そうだな。気が向けば」

とことん気のない返事を晶が繰り返すと、宮内は苦笑いを浮かべた。

「相変わらずつれない態度だな、水瀬は。ところで、水瀬が和菓子好きだとは知らなかったよ」

そう言ってから宮内は奈々へ視線を向け、再び晶へ戻す。

「……もしかして春川さんと?」

晶と奈々はまだなんの言葉も交わしていないのに、宮内はふたりの関係性を即座に察したらしい。国会議員の秘書ともなれば常に周りへアンテナを張り巡らせ、瞬時に人の内面を察知する能力に長《た》けているものなのかもしれない。

だからといって、宮内に報告する義務はない。

晶も奈々も黙ったままでいると、宮内は「なるほどね」とひとりで納得したように首を縦に振った。ニヤッと嫌味な笑みを口元に浮かべる。
余々は、宮内に弱みを握られた気がしてならなかった。

不釣合いな恋だと悟った夜

身体を真綿で包まれたような感覚の中、少しずつ意識がクリアになっていくのを奈々は感じていた。

(でも、もう少しだけこのまま……)

あまりの心地よさが奈々の目覚めを邪魔する。奈々は柔らかな感触に身を委ねていたが、ふと自分が今どこにいるのかを思い出した。

それまでまどろんでいたとは思えないほどパッチリと目を開けると、すぐ前には晶の顔のドアップ。彼が優しい眼差しで奈々を見つめていた。身体を包み込む柔らかな感触は、晶の腕だったみたいだ。

「おはよう、奈々」

「お、おはようございます。すみません、昨夜……」

昨日は店を出たあとふたりで食事を済ませ、奈々は晶のマンションへやってきた。シャワーを浴びてソファに座っているうちに急激な睡魔に襲われ、そこから奈々の記憶はない。

「疲れていたんだろう？」

疲れた感じはなかったが、昨日は大量の和菓子作りのために午前二時半起き。ベッドに入ったと思ったらすぐにアラームで起こされ、かなり寝不足だったのは確かだ。

「もう少し寝ていても大丈夫だ」

「ありがとうございます。でも今、何時ですか？」

晶は日曜日だから休みだが、奈々はこれから仕事がある。

「まだ六時前。ここからなら三十分で行ける。俺が送っていくよ」

「え、でも……」

せっかくの休みなのにと、奈々は心配になる。

「今日は一日、光風堂で奈々の仕事ぶりを見ようと思ってね」

「ずっとお店で？」

「そう、ずっと」

仕事中、晶がずっとそばにいてくれるのは嬉しいが、晶だってゆっくりと仕事の疲れを癒したいだろう。光風堂に一日いたのでは、それができない。

「ダメですよ。晶さんはお休みなんですから、自分の好きなように時間を使ってください」

「だから奈々のそばにいる。それが俺の好きな時間だ」

そう言って晶は奈々に優しくキスをする。

奈々は途方もなく幸せな気持ちに包まれた。晶といる時の奈々の心は不思議なくらい穏やかで、それでいて彼の言動にドキドキさせられる。

晶がひたすら奈々を甘やかすから、自分がほかとは違う特別な女だと勘違いしてしまいそうだ。

「パソコンを持ち込んで仕事もするつもりだから、奈々は気にしないで仕事に励んでいいよ」

「……本当にいいんですか？」

「俺がそうしたいんだ」

晶は奈々を抱きしめ、再び唇を塞ぐ。それは次第に深くなり、目覚めたばかりの奈々の頭を麻痺《まひ》させていく。強烈に甘い刺激は晶を欲する奈々の心と身体に火を点《つ》け、彼に合わせて舌を動かす。晶は身体を起こし、奈々をベッドに組み伏《ふ》せた。

「その前に奈々を抱きたい」

拘束した奈々の手に指を絡め、晶が熱い視線を注ぐ。

色香を漂わせたその眼差しだけで、奈々の鼓動は駆け足のように速くなっていく。

頷く代わりに、奈々はそっと目を閉じた。

晶の手がパジャマのボタンを外していく。少しずつあらわになる身体。朝の光が差し込み明るくなった部屋の中、奈々の羞恥心はみるみるうちに消えてなくなる。晶の指先と唇が触れるたびに、奈々の唇から甘い吐息が漏れた。


光風堂が開店時間を迎えると同時に晶が来店し、明美は「奈々さん、水瀬さんですよ！」と嬉しそうに奈々に報告に来た。

当然ながら、晶が来ると知っていた奈々は余裕の微笑み。

「あれ？　事前に知らされていたんですか？」

明美は瞬きをして奈々を見つめる。

奈々の出勤と一緒に晶もやってきたが、開店前に光風堂に入るわけにはいかないと、晶はエステラのロビーラウンジで時間を潰していた。

窓際のテーブル席に案内された晶が奈々に目配せをすると、明美は奈々の脇腹をちょんと小突いた。

晶が見てくれているだけで仕事にも張りが出るから不思議だ。晶のそばを通るたびに目で会話をして微笑み合う。なんだか秘密のオフィスラブをしている気になった。

「奈々さん、大変です！　大変！」

午後の休憩を終えた明美が、ただならぬ様子で奈々に駆け寄る。肩を上下させて呼吸を弾ませ、目はキラキラと輝いている。このままどこかへ飛び立っていきそうな勢いだ。

「一体どうしたの？」

それとは対照的に奈々がおっとりと聞き返すと、明美は握り拳を両手で作り、それを上下にぶんぶんと振った。

「撮影が！」

明美のテンションが見る間に上がっていく。鼻息まで荒い。

「え？　撮影？」

「映画のです！　映画の撮影クルーが来てるんですよ！」

「どこに？」

「どこって、ロビーですよ！　ロビー！」

それでさっきから通路を大勢の人が行き交っているのかと、奈々は納得する。

そういえば、今度エステラでハリウッド映画の撮影があると、真弓が言っていたことを思い出す。それが今日だったとは。すっかり忘れてリサーチしそこねていた。

「ミヤビ・キョウタニが来てるんですっ」

「ジャック・スペクターじゃなくて？」

　確か真弓は、ジャック・スペクターだと言っていたけれど。

　ミヤビ・キョウタニは父親がアメリカ人、母親が日本人のハーフで、アメリカ生まれのアメリカ育ち。三年ほど前にアカデミー賞で助演女優賞をもらってから、瞬く間にアメリカでトップ女優へと上りつめた。

　母親譲りと思われる黒いロングヘアに、父親の血を受け継いだ彫りの深い顔立ち。グラマラスな体型は奈々と同じ歳とは思えないくらいに大人の色香に溢れていて、同性でもドキッとさせられる。日本でも彼女の人気は高く、明美が興奮を抑えられないのは奈々にもわかる。

　明美によると、ホテルのロビーには人だかりができて、ものすごい熱気らしい。

「奈々さんも見てきたらどうですか？」

「私は大丈夫。明美ちゃん、ちょっとくらいなら行ってきてもいいわよ」

「本当ですか⁉　それじゃちょっとだけ」

　奈々の了解を得た明美は、超特急で店を出ていった。

　今からでも真弓に連絡を入れておいたほうがいいだろう。なんで今頃教えるの！と叱《しか》られる可能性は大だが、連絡しないであとで怒られるよりはいい。

奈々が厨房で真弓に電話をすると、案の定『どうしてもっと早く教えてくれなかったの！』と苦情を言われてしまった。真弓が会いたがっているジャック・スペクターがいるかはわからないと言い訳がましく奈々が言ってみたが、どうやらこれから美弥を連れてエステラに来る気満々らしい。すぐに支度すれば間に合うかもしれないと、真弓は奈々との電話を慌てて切った。

「ホテルが騒がしいみたいだけど、何かあった？」

奈々がお代わりのコーヒーをテーブルに運ぶと、晶はノートパソコンから顔を上げて首を傾げた。

「ハリウッド映画のロケをロビーでやっているそうなんです」

「へぇ、ロケか」

「明美ちゃんは興奮して飛び出していっちゃいました」

奈々が店の入口を指差しながら肩をすくめると、晶は「彼女らしいね」とハハッと笑った。

「晶さんは興味ありますか？」

「いや、俺は特には。奈々は？　行かなくていいの？　といっても、店があるからそうもいかないか」

「私もそこまでは興味なくて」

店を放り出してまで見に行こうとは思わない。

「そう。あ、お客様だよ」

入ってきたお客に気づいた晶が奈々を促す。

「ありがとうございます。お仕事頑張ってくださいね」

晶に言い置き、奈々はお客のもとへ急いだ。


真弓がロケ目当てに顔を見せたのは、それから一時間経った頃だった。さっきの電話の直後に大急ぎで家を出たのだろう。美弥は真弓に抱っこされてお昼寝タイムだ。

「今見てきたんだけど、ミヤビ、めちゃくちゃ綺麗だったよ！」

真弓は、明美に負けないくらいに興奮した様子で店に飛び込んできた。あまりにも野次馬が集まりすぎたようで、スタッフが規制線を張って、途中からはよく見えなかったそうだ。真弓のお目当てのジャック・スペクターはいなかったようだが、大物女優を見られて満足したらしい。

ひと通りミヤビの美しさについて語った真弓は、そこでようやく晶がいると気づき、口をポカンと開けて奈々を見る。実は真弓には、晶とのことをまだ報告していなかったのだ。

晶に向かって会釈《えしゃく》をしながら、「ねぇ、奈々、もしかして彼とうまくいった？」と真弓が小声で奈々に尋ねる。

「うん、そうなの」

「やだー。どうして教えてくれなかったの？」

「ごめんね」

仕事がバタバタしていたことを理由にして真弓には許してもらったが、本来ならば背中を押してくれた真弓には、もっと早く報告すべきだっただろう。

「ま、奈々が幸せならいいけどね」

自分はいい友達を持ったと、奈々はつくづく思う。奈々が父親を亡くして、いよいよひとりになった時には、妊娠中にもかかわらず、奈々の様子をちょくちょく見に来てくれたものだ。

「ありがとう」

奈々はせめてもの償いと真弓をテーブル席に案内し、サービスで和菓子を食べてもらった。

真弓が帰った直後の午後五時半過ぎ。賑やかな空気を店の入口から感じた瞬間、明美の「キャー！」という悲鳴があがる。

何ごとかと奈々が目を向けた先には、ミヤビ・キョウタニの姿。彼女が取り巻きを引き連れて、店内に入ってきたところだった。真弓をもう少し引きとめておけばよかったと思わずにはいられない。

テレビで観るよりもスレンダーで、圧倒されるほど美しい。全身から匂い立つような色気に目眩すら覚える。店内にいたお客たちから黄色い歓声が一斉にあがった。

「和菓子のお店かしら？」

アメリカで生まれ育ったと聞いているが、母親が日本人だからかクリアな日本語だった。

ショーケースを覗き込んだミヤビに奈々が「はい、そうです」と答える。大きく力強い瞳に吸い込まれそうだ。

「とってもキュートね。いくつか買っていきたいわ」

「ありがとうございます！」

「このブルーの和菓子、もしかしてあじさい？」

ミヤビは左端にいくつか残っていたあじさいかんを指した。長い指先には美しいネイルが施されていて、頭のてっぺんからつま先まで気を抜く部分が全くない。

「はい。新作で大変ご好評をいただいております」

「それじゃ、それを全部と……、あ、いっそのこと、ここにあるものを全部いただこうかしら」

「……よろしいんですか？」

閉店間際とはいえ、まだ相当数が残っている。

奈々が念のために確認すると、ミヤビは「ええ、もちろんよ」と妖艶《ようえん》な笑みを浮かべた。

「ありがとうございます」

明美にも手伝ってもらい、ショーケースから出した和菓子を箱詰めにしていく。

「奈々さん、まさかミヤビがうちの和菓子を買ってくれるなんて、信じられないです……！」

明美は声と手を小さく震わせた。

これまでにも女優や俳優が買いに来ることは稀《まれ》にあったが、プライベートで来店しているのに『○○さんですよね？』と不躾《ぶしつけ》に聞いたりはしない。ところがミヤビの場合はそれを隠し立てせず、むしろ自分から女優だと名乗り歩いているような感じだ。

「大変お待たせいたしました」

奈々が箱を袋にまとめてレジカウンターに置いた時だった。ミヤビの顔がパッと華やぐ。大きな目をさらに開き、唇が三日月のようになった。

「晶!? 嘘でしょう!? どうしてここに晶がいるの？」

ミヤビの口から晶の名前が飛び出す。彼女は蝶《ちょう》のようにふわりと晶のもとへ走り寄った。

（晶さんと知り合いなの……？）

突然のことに奈々は言葉も出せない。和菓子の箱に手を添えながら、ふたりを驚きの目で見る。

「晶ってば、突然日本に帰っちゃうんだから。どうしているのか心配してたのよ？でも、やっぱり私たちって運命ね。いくら狭いとはいえ、日本で偶然再会できるんだから」

ミヤビは周りを気にもせず、座っている晶に抱きついた。

外国人ならではのよくあるスキンシップなのか、それとも親しい人に対するものなのか、奈々にはわからない。同行しているミヤビの関係者が止めに入らないのは、これがいつもの彼女だとも考えられる。もしくは、海外の芸能界では個人の人間関係に口を挟まないのが普通なのか。でも、ミヤビの〝運命〟という言葉や態度から、彼女の晶に対する好意はひしひしと伝わってきた。

「奈々さん、水瀬さんとミヤビって、どういう関係なんですかね。それにしても水瀬さんってすごい。あのミヤビと知り合いなんて」

明美が隣で興味津々にふたりを眺める。

奈々は気のない返事をするしかできなかった。

(すごいとは思う。思うけど……)

それよりももっと、奈々はふたりの関係性が気になって仕方がない。

「ミヤビ、やめるんだ」

晶はやんわりとその腕を振りほどき、紳士的な態度とは裏腹にどこか冷めた目でミヤビを見上げる。周りの目があるせいかもしれないが、照れ隠しの可能性もある。

ただひとつ言えるのは、人気絶頂の大女優と並んでも、晶が少しも引けをとらないことだった。容姿は言うまでもなく、オーラも品格も、ぜんぜん負けていない。お似合いのふたりに見えた。

晶に相応しい女性とは、こういう人なのかもしれない。奈々は、ふとそんなことを思い、胸の奥がキュッと詰まる思いがした。

「晶、このあと何か予定は入ってる？　お食事でもどう？」

久しぶりの再会がよほど嬉しいのだろう。ミヤビは満面の笑みを浮かべて晶を見つめている。

「申し訳ないが、予定が詰まってる」

「もう、そんな他人行儀な態度はやめて。私たちの仲でしょう？」

ミヤビは長い指で晶の頬に触れた。

〝私たちの仲〟――その言葉が奈々の胸を鋭く突き刺《さ》す。

もしかしたら、ふたりは恋人同士だったのかもしれない。なんらかの理由で別れたが、ミヤビはまだ晶を想っている。それは彼女の視線や仕草から手に取るように感じられる。

そんなことを想像して、奈々は心がズンと重くなった。

「とにかく無理だ」

「……そう。残念ね。それじゃ、しばらく日本にいるから、連絡するわね」

ミヤビは晶の頬にキスをひとつ落とし、奈々のほうへ優雅に歩いてきた。

衝撃的なシーンが奈々を凍りつかせる。挨拶の一環と軽く流せないのは、ふたりの過去をあれこれと想像したせいだろう。

「ごめんなさいね。支払いはこれでお願い」

ミヤビは財布から取り出したクレジットカードを奈々に手渡し、取り巻きの人に和菓子の箱を持たせて店をあとにしたのだった。


「ミヤビ・キョウタニと知り合いなんて、すごいですね」

奈々は重い心とは裏腹に、晶に向かって明るく言ってみる。重々しくすると、奈々が目にした光景も、想像したふたりの関係性も、真実になりそうな気がしたから。

奈々は、仕事を終えて晶の運転する車に乗っていた。明日は朝早くから晶も仕事のため、食事をしたあとはそれぞれの部屋に帰る予定になっている。

「ロスにいた頃、彼女のエージェンシーのコンサルを担当したんだ。その時にミヤビとね」

「そうなんですね……」

やはり恋人だったのだろうか。それとも単なる友人か。どちらともつかない晶の言い方がもどかしい。かといって、問いただして〝恋人だった〟と言われる覚悟も奈々にはできていない。もしもその答えが返ってきたら、奈々の自信は粉々に砕け散ってしまう。

「付き合ってない」

「えっ？」

心を読んだかのようなひと言に、奈々は驚いて晶を見つめる。

「奈々が心配するようなことは、彼女とは何ひとつないよ」

晶はチラッとだけ奈々を見てから、すぐに視線を前に戻した。

「……ほんとですか？」

晶が嘘をつくとは思えないが、念を押して聞かずにはいられない。ミヤビの晶に対する好意が伝わってきたせいもあるだろう。あれほどの美女にアプローチされて、嫌な男性はいないだろうから。

「本当だよ」

赤信号で車が停まり、晶が奈々の手を宥《なだ》めるように優しく握る。

「不安にさせて悪かった」

ミヤビに対する晶の態度に不満を持ってはいない。晶は、毅然《きぜん》とした態度でミヤビを突っ撥《ぱ》ねてくれていたから。奈々に接する時の甘い態度とは正反対だったと言ってもいいくらいに。

奈々が不安を抱いているのは、ふたりがあまりにもお似合いに見えたからだった。晶の隣に立つべき女性は、彼女のような人なのではないか。自分ではあまりにも釣り合いが取れない。でも、だからといって晶のそばを離れたくはない。

「奈々?」

晶の優しい眼差しに心のすべてを見透かされそう。晶にキスをしたミヤビにひどく嫉妬《しっと》したと悟られたくない。頬へのキス程度で動揺していると知られたら、重い女だと思われてしまう。

咄嗟に目を逸らすと、晶は「気が変わった」とウインカーを点け、青信号に変わると同時に左に大きくハンドルを切った。

「今夜も奈々を連れて帰る」

「え、でも」

「奈々を不安なままにしておくわけにはいかないよ」

きっぱりと言い切り、晶がアクセルを踏み込む。

奈々がミヤビを気にして落ち込んでいると気づき、すぐに手を打ってくれる晶の心遣いが嬉しかった。

翌日の奈々は、昨日の不安が幻だったかのように晴れやかな気分だった。それは、晶がどのくらい奈々を愛しているか、身をもって思い知らされたおかげでもある。

明け方近くまで愛の言葉を囁き合い、飽きることなく何度もお互いを求めた。睡眠時間はごくわずかなのに、不思議と眠気を感じない。それどころか、身体の奥から力が湧いてくるのだから、晶の愛の力は強大だ。

「あっ、これじゃない？」

奈々がショーケースの商品を手直ししていると、ちょうどお昼を迎えた店内に明るい声が響いた。奈々が顔を上げて見てみれば、奈々と同世代のＯＬ風の女性がふたり、並んでいる和菓子に揃って顔を近づける。ランチタイム中か、財布とスマホだけを手にしている。

「そうそう、これこれ」

どこかで光風堂の和菓子の話題でもあがったのか、ふたりは目当てのものを見つけて喜んだ。

「いらっしゃいませ」

奈々がかけた声に顔を上げる。

「昨日、ここにミヤビ・キョウタニが来ましたよね？」

映画のロケの話が早速広まっているみたいだ。

「はい。お越しになりました」

「ここの和菓子の写真をミヤビがSNSにアップしていて、とっても可愛いから早速買いに来てみたんです」

「ね?」とふたりは頷き合う。

「そうだったんですね。それはありがとうございます」

奈々が頭を下げるその隣で、制服のポケットからスマホを取り出した明美が素早くリサーチを開始。そして直後に「ほんとだ!」と声のトーンを上げた。

「ほら、奈々さん、見てください」

明美が差し出したスマホを覗いてみれば、そこには確かに光風堂の和菓子が載っている。そのうちのひとつを手にしたミヤビが、口を開けて食べようとしている写真もあった。

「〝いいね〟の数も半端ないです」

世界でも有名な女優だけあってフォロワー数もけた違いだ。そういったことに奈々は疎いので、フォロワー数がいかに多いのかはわからないが。

「ミヤビのSNSにうちの商品が載るなんてすごーい!」

明美は、まだ残っている清人に喜び勇んでスマホを見せに行った。

ふたりの女性客が購入して帰ると、堰《せき》を切ったようにお客が来店し始めた。和菓子を求めて並ぶ人の列は、なんと店の外まで続くという信じられない状況。そしてその列は途切れず、午後四時を回る頃には完売となった。

全商品が売り切れる事態は、父の代でもなかったのではないか。ミヤビの情報発信力の大きさに驚かされるばかりの奈々だった。


翌日、奈々が店のドアに鍵をかけた時だった。バッグの中でスマホが着信を知らせて音をたてる。取り出して見てみれば、花いかだの依子からの電話だった。

「はい、春川です」

『奈々さん、こんばんは。もうお店は終わったかしら？』

「今ちょうど帰ろうかと」

そう答えながら、奈々は鍵をバッグへしまう。

『今からうちに来られない？』

それは唐突なお願いだった。

「何かうちの商品に不手際でもあったのでしょうか？」

そうだとしたら大変。でも、今日は商品が完売しているため、代わりの和菓子を用意できない。花いかだの水菓子に穴を開けることになってしまう。

奈々が焦って尋ねると、依子は『違うのよ。実はね……』と少し言いづらそうに切り出した。

依子によると、国会議員秘書の宮内が花いかだに来ていて、奈々を呼んでほしいと言っているとのこと。それは難しいかもしれないと依子が言ったそうだが、宮内が引き下がらないらしい。

小田高弘議員の秘書である宮内は、花いかだにとって大切なお客。足蹴《あしげ》にできなくて当然だ。

「私にどんな用事があるんでしょうか……」

晶と宮内の関係性を知っているため、つい不安になる。

『それがよくわからないの。ちょっと話をしたいってね。ごめんなさいね、無理を言って。こんなことを頼んだら水瀬さんに叱られちゃうわね』

依子も背に腹は代えられないだろう。ここで奈々が断ったら、依子に迷惑がかかる。花いかだは光風堂にとっては大切なお客様。相手が宮内であっても行かないわけにはいかない。

「わかりました。これからすぐに向かいます」

奈々はそう言って依子との電話を切り、急いでタクシーに乗り込んだ。

『支社長、キョウタニ様とおっしゃるお客様がお見えなのですが……』

秘書の柳が外出しているため、受付から晶に直接内線が入ったのは午後五時半を回ったばかりのことだった。

キョウタニ？　まさかミヤビが？

ミヤビと光風堂で偶然再会したのは一昨日。確かにしばらく日本にいるとは言っていたが、忙しいハリウッド女優のこと。すでにアメリカへ帰ったものだと晶は思っていた。会社の場所は調べればすぐにわかるだろうが、ここまで押しかけてくるとは思わなかった。

晶が受付のある二十二階まで下りると、エレベーターの扉が開いた途端、サングラスにつば広帽子を被ったミヤビが、晶の胸に飛び込んできた。

「晶、会いたかった」

サングラスを少しだけずらし、ミヤビがそこから目を覗かせる。

「こんな場所まで、一体何をしに来たんだ」

「そんな冷たいことを言わないでよ。晶に会いたいからに決まってるじゃない」

ミヤビは甘えた声で晶の手に指を絡ませた。

晶にとってミヤビは、会いたいと言われて心が揺れる相手ではない。

「俺は会わなくても平気だよ」

「……ねえ、ひとつ聞いてもいい？　どうしていつも私には冷たいの？　私の気持ちは何度も伝えているから知っているでしょう？」

「知っているから、と言えばわかってもらえるか？」

好意もないのに思わせぶりで優しくするのは、相手のためにならない。

「嘘ばっかり。本当は好きの裏返しよね？」

どうしたらそんなふうに考えられるのか不思議でならない。晶は大げさにため息をついた。

ミヤビを引きはがし、肩に手を添えたまま彼女の顔を覗き込む。

「いいか、ミヤビ。何度も言うが、ミヤビに特別な感情はない」

「……それじゃ、どんな感情ならあるの？」

大きな瞳をいったん伏せたあと、ミヤビは強い視線を晶に向けた。それに屈することなく晶が口を開く。

「友人のひとり」

「友人？」

ミヤビが片方の眉毛を器用に吊り上げる。相当不満そうだ。

晶が頷くと、ミヤビは「それなら」と続ける。

「友人として一緒に食事をしましょ」

「まだ仕事が残ってる」

「ここで待ってるから。私は友人なんでしょう？　晶は友人にも冷たい態度を取るの？　違うでしょう？」

堂々巡りの言い合いに、晶は困り果てる。さっきよりも深く長いため息が口から漏れた。

「晶がひどいことを言うなら、今ここで大きな声を出しちゃうんだから。ミヤビ・キョウタニがここにいると知られたら、晶も大変なんじゃない？　なんなら、晶に無理やりキスされたって騒いじゃうんだから」

ミヤビが脅迫まがいのことを言い始めた。

（どこまで俺を困らせるつもりなんだ）

厄介な相手に気に入られたものだ。こんなことになるとわかっていれば、コンサルをしていたエージェンシーであるキングスレー・パートナーズの社長の誘いには乗らなかったのに。

今頃、晶を後悔が襲う。

ミヤビとの出会いは三年前。晶がネクサス・コンサルティングのロサンゼルス支社にいた時だった。キングスレーのコンサルを受け持ったのは、たまたまだった。クライアントが名指ししてきた担当がシカゴ支社に異動したため、晶に回ってきたものだったのだ。

業績が下降し続けていたキングスレーのコンサルを行う最中、社長のウイリアムが『売出し中の女優と食事でもしないか？』と持ちかけてきた。晶は再三に亘り断っていたが、たび重なる誘いにとうとう折れ、その席に同行したのが間違いだった。

女優相手ということもあり、もてなさなければならない心理が働き、晶がミヤビに努めて優しく接したのが仇《あだ》となった。彼女に好意を持たれ、ことあるごとに連絡をしてくるようになったのだ。

晶には、なんとかうまくあしらう術《すべ》が身についていたから、そこまではまだよかった。問題はウイリアムだった。これは晶もあとで知ったのだが、ウイリアムはミヤビと深い仲にあったのだ。

ミヤビの気持ちが自分から離れ、その原因が晶だと知ったウイリアムは激怒。晶とは仕事ができないと、ネクサスに申し立てた。しかも〝育成中の女優に手をつけた〟との濡れ衣《ぎぬ》まで着せられる羽目に。

ニューヨークにいるＣＥＯ――父親に呼び出され、晶が問いただされたのは言うまでもない。疑いはすぐに晴れたが、担当していた仕事を干されたというレッテルは、しばらくロス支社内で貼られていた。もちろん晶は、それを仕事の成功というかたちで封じ込めたが。

ウイリアムとはそのあと別れたそうだが、おかげでその分、晶に気持ちが一心に向いている気がしてならない。そういう経緯もあるため、晶はミヤビとはどうしても一線を引いて接してしまうのだ。

「……わかったよ」

了承する以外になかった。ここで騒ぎ立てられたら元も子もない。

「ここで待っていてくれ」

晶はスマホを取り出し、ある店の連絡先を表示させた。

ミヤビはそれを自分のスマホに登録してから、「待ってるから必ず来てよね」とキスを投げて、ようやくエレベーターに乗り込んだ。

花いかだに到着した奈々は、すぐに依子に奥の個室へ案内された。こちらに顔を向けてテーブル席に座る宮内は、唇の端にだけ笑みを浮かべる。苦手意識をすでに持っているからか、奈々にはそれが笑顔には見えない。

「よく来てくれたね」

「私にお話があると伺いましたが……？　またご注文をいただけるのでしたら、お電話でも大丈夫です」

事務的に告げて立ったままでいる奈々に宮内は、「とりあえず座って」と向かいの席を勧めた。テーブルにセッティングされた箸《はし》を見て、話をするだけで終わらない状況だと奈々は悟る。これから料理が運ばれてきそうだ。

そう考えた矢先、開いたドアから着物姿の若い女性が先付を運んできた。

「どうぞおかけください」

スタッフにまで言われ、ぼんやりと突っ立ったままではいられない。奈々は「はい」と小さく答え、椅子に腰を下ろした。晶以外の男性とふたりになるのは避けたかったが、逃げられそうにもない。

「水瀬とはいつから？」

「……はい？」

　唐突に晶の名前を出され、奈々は面食らう。

　もしかしたら、また和菓子の注文をもらえるかもしれない期待があったせいだ。でも、そんなことを聞いて一体何が面白いのか。

「水瀬といつから付き合ってるの？」

「それはお答えしなければいけませんか？」

「そうしてもらえると嬉しい」

　そんな情報を聞き出して、宮内がどう嬉しいのかが奈々にはわからない。ただの興味本位だろう。

「個人的な質問にはお答えしかねます」

「そんなつれないことは言わないでよ。また大きな注文を入れようかなって考えているんだから」

　目の前にエサをぶら下げられ、奈々が戸惑う。店の売上アップは、奈々が最も図らなければならない事項。人件費や原価を引き下げられない以上、売上を伸ばさなければ利益は見込めない。全面的に協力してくれている清人や明美をはじめ、相談に乗ってくれている晶にも、売上が回復している吉報を届けたい。

「簡単な質問に答えるだけで、何十万っていう仕事が舞い込むんだよ？　それがおいしいと思わないようなら、キミは経営者失格かもしれないな」

宮内の放った経営者失格という言葉が、奈々の胸に突き刺さる。

晶に提案されるまで、奈々は試食をつけるアイデアすら思いつかなかった。常日頃から自分は経営には向かないのではないかと。でも、失格だと思われたくない反発心も奈々にはあった。

「水瀬とはいつから？」

「……二ヵ月弱です」

宮内の挑発に乗った気がしなくもないが、答えたからと言ってどうかなるものでもないだろう。

「それじゃ、今が一番盛り上がっている時期ってわけだ」

宮内はニヤリと笑った。

「私と話をしたいって、そのことだったんですか？」

そんな質問のために呼び出されたのかと思うと歯がゆい。

「それも含めて、かな。水瀬が本気になる女性に興味があったんだ」

奈々にとって、それは意外だった。宮内が大学時代の友人ならば、晶の女性関係も詳しいだろう。モテていたに違いない晶に、彼女がいなかったとは考えられない。

「晶さん、お付き合いしている人はいなかったんですか？」

奈々が身を乗り出すと、宮内は目の奥を微かに光らせたように見えた。宮内にしてみたら、奈々は釣り糸を垂らしてかかった魚といったところか。

「知りたい？」

リールを巻くように奈々を引き上げる。宮内はニヤつきながらテーブルに両肘を突いて手を組んだ。

宮内に屈するようで悔しいが、昔の晶を知りたい。奈々が知っているのは、ここ二ヵ月の彼だけ。もっと晶を知りたい。

それはミヤビが現れたせいもあるだろう。彼女は奈々よりも晶を知っているだろうから。晶の優しさによって不安は消えたが、過去を知っているミヤビにどうしても嫉妬してしまう。

「はい。教えてください」

奈々は素直に頷いた。

宮内は満足げに目を細め、嬉しそうに口を開く。

「晶にもちゃんといたよ、彼女と呼べる存在は。悔しいけど、選び放題と言ってもいいくらいに言い寄られていたからね」

やはり奈々の予想通りだ。女性が放っておくはずがない。

「でも、どの彼女とも長くは付き合っていなかったな」

「……それはどうしてなんですか？」

「さぁ、それは本人じゃないから俺にもわからないけど」

宮内は肩をすくめて両手を広げてみせた。

「ただ言えるのは、自分から欲しくて手に入れた彼女じゃなかったってことかな。本気には見えなかった」

「本気じゃや、なかった」

奈々は宮内の言葉をゆっくり復唱しながら、晶に告白された時のことを思い返す。

宮内によれば、少なくとも大学生の時には、奈々に対するように情熱的に誰かを求めたことがなかったようだ。思わず心が弾む情報を聞き、奈々の顔が自然とほころぶ。

「まぁそれも、今となってはって程度だけど。この前光風堂で水瀬とバッタリ会った時に、キミを見る目が俺の知っているものと違っていたからね」

宮内からそんな話を聞かされるとは思っていなかったため奈々は困惑したが、胸には嬉しさが溢れた。

大学を卒業してから奈々と出会うまではともかく、本気になった女性の存在がないとは想像もしていなかった。

「だから、水瀬が本気になる女性がどんなものか、すごく興味があったってわけ」

宮内はそこまで話してから、うずら玉子の西京漬けを口へ運ぶ。

「キミも食べたら？」

「……いえ、大丈夫です。申し訳ありませんが、お食事は宮内さんおひとり分にしてください」

ほかの男性と一緒に食事をした既成事実を作りたくない。それは奈々の自己満足にすぎないが。

「水瀬以外とは食べられないってこと？」

くつくつと宮内が面白そうに笑う。

「ま、俺は話ができればいいけどさ」

宮内はちょうど入ってきたスタッフに奈々の分は片づけるようにお願いし、「お茶くらいはいいだろ？」と日本茶を淹れさせた。

話し方が人に悪印象を与えがちだが、宮内はそこまで悪い人間じゃないのかもしれないと、奈々はふと思う。自分にとって有益な情報をもたらした人物という欲目が働くのか、それとも喜ばしい話を聞いて気持ちに余裕があるからなのか。奈々は宮内に対する苦手意識が、ほんの少し和らいだのを感じていた。

ただ、宮内とは犬猿の仲だと晶から聞いていたから、仲の悪かった相手の恋人にどうしてそこまで興味を持つのかと不思議だ。

「宮内さんは晶さんとあまり仲がよくなかったと伺いましたが、どうしてそこまで気になるんですか？」

「キミは、意外とはっきり言うタイプなんだな」

「……すみません」

宮内は目を丸くしてから苦笑いを浮かべた。

「まぁ、水瀬に嫌われていたのは確かだけど」

「宮内さんはそうじゃなかったんですか？」

「正直、好きではなかったな。というか、なんでも持っている水瀬が妬ましかったと言ったほうが正しいか」

意外と正直者みたいだ。

うらやましいのを通り越して妬ましく思う気持ちは、奈々にもわからなくはない。白状してしまえば、ミヤビが晶に親しく接するシーンを見た時に、奈々もそんな感情を抱いたから。非の打ちどころがないミヤビをうらやましく思う反面、躊躇《ちゅうちょ》せず晶に触れる彼女を妬ましいと。

「だから、ことごとく反対意見ばかり言っていたな。それもすぐに水瀬に覆されるから、ますます腹立たしくて。結局最後まで水瀬には敵わなかったよ」

「でも、今は国会議員の秘書をされているんですから、それもすごいですよね」

「まあね。水瀬に負けるもんかって、がむしゃらにやったからな」

ゆくゆくは国政に出馬すると宮内が宣言していたのを奈々は思い出した。野心に溢れた人なのだろう。

「あ、そういえば、この前のキミの和菓子、後援会の人たちに好評だったよ。ついでに宣伝しておいてあげたから、直接店に買いに行く人もいるだろう」

どことなく上から目線にも聞こえるが、宮内の口調に慣れたのか、奈々はそこまで嫌な気持ちにはならなかった。

「営業までしてくださり、ありがとうございます」

「俺はあんこはどうも苦手だけど」

そのあんこを思い浮かべたのか、宮内が顔をしかめる。

「ですが、あんこは魔除《よ》けの意味合いもあるので、選挙なんかにはもってこいだと思います」

「魔除け？　あんこが？」

騙《だま》すなよとでも言いたそうな顔だ。

「あんこの原料である小豆ですが、これは東南アジア原産で、弥生時代に日本に伝わったと言われています」

「へぇ、そんなに大昔にね。でも、それがどうして魔除けに？」

「赤は古くから中国で魔除けとされてきた色。赤い小豆は邪気を祓《はら》う食べ物だったそうです。この風習がいつしか日本にも伝わって、節句ごとに、ぼたもちやおはぎ、赤飯などを食べて、無病息災などを願ったそうで……って、ごめんなさい」

つい調子に乗って語ったと気づき、奈々はハッとして口をつぐむ。

自分の得意な分野の話になると、どうしても舌が滑らかになるのは奈々のちょっと悪いクセだ。晶の時も知り合ってすぐに語りだし、恥ずかしい思いをしたのに。

「キミ、面白いな」

宮内が鼻を鳴らす。嫌な笑い方ではなかったが、奈々は「本当にすみません」と頭を下げた。

最初は険悪だった宮内とも、彼が食事を終える頃には話が弾むまでになっていた。そして依子に見送られ、ふたりで店を出ようとした時だった。依子が手をかけたドアが反対側から開けられ、思わぬ人物が顔を覗かせた。

「……奈々？」

晶だった。そして宮内に気づいた晶が、途端に顔色を変える。

（嘘、どうして晶さんがここに？）

奈々は心臓が止まる思いだった。すぐに言葉が出てこないでいる奈々に代わり、依子がすかさず助け船を出す。

「水瀬さん、これは違うのよ」

依子は、奈々が晶に誤解されては大変と思ってくれたのだろう。

でも、晶の目は依子ではなく奈々に強く注がれていた。

「またまた奇遇だな、水瀬。どうやら俺たちは〝偶然の神様〟のご加護を受けているらしい」

宮内が晶に対するいつもの調子で言い放つ。

「……宮内、これは一体どういうことだ」

晶の声はこれまで聞いたこともないほど低く、奈々の膝を震わせた。何ごともなく帰れると思ったのは間違いだった。

「どういうって、見ての通りだよ。春川さんとここでふたりきりで食事をしてたんだよ。いや、実に興味深い女性だね、彼女は」

誤解されることを言わないでほしい。でも、のこのこと来た自分も悪いため、奈々は宮内ひとりを責められない。

「晶さん、あの――」

奈々が説明しようとようやく口を開いたその時。

「晶！　そろそろかと思って」

現れたミヤビが、さらに奈々から言葉を奪う。

奈々たちの背後から来たということは、店内にいたのか。マキシ丈の幾何学模様のワンピースは目を疑うほど派手なのに、それに負けないオーラを放っている。大きなサングラスをかけているが、洗練されたミヤビの美しさは隠しようもない。

（ミヤビさんがどうしてここに？　……晶さんと待ち合わせていたの？）

予想もつかない展開を前にして、奈々の頭は困惑していた。

宮内から晶についての嬉しい話を聞かされたばかりだったため、目の前の光景との落差に言葉も出ない。晶を信じたいが、信じる材料を吹き飛ばすには、ミヤビの登場はあまりにも鮮烈だった。

「……晶？　どうしたの？」

不穏な空気を察知したミヤビが、晶の腕に絡みつきながら首を傾げる。そこで奈々に目を向けたミヤビが「あら？」とポツリと呟いた。

「あなた、この前の和菓子屋のウェイトレスじゃない？」

どうしてあなたがここに？とでも言いたそうだ。瞬きを繰り返し、ミヤビは不思議そうな顔をしていた。

「せ、先日はたくさんお買い上げいただき、ありがとうございました」

動揺する気持ちを押し殺して奈々がやっとの思いで言葉を発し、「すみません、失礼します」とその場から逃げるように駆けだす。晶とミヤビが一緒にいるのを見ていたくなかった。

「奈々！」

すぐに晶が追おうとしたようだが、その直後にミヤビの「晶、待ってよ！」という声が彼を引きとめる。後ろを振り返る勇気もないまま奈々は走り、大通りで停めたタクシーに乗り込んだ。

（やっぱり晶さんはミヤビさんと……）

そう思わざるを得ない状況だった。

そのうえ、自分と宮内のことまで誤解されて、奈々はどうしたらいいのかわからなくなっていた。

晶と親密な女性の登場で奈々の心が乱されるのは、ふたりがあまりにも浅い付き合いだから。ミヤビは自分よりも晶のことを知っている。奈々は、宮内と話して大学時代の晶を知り、わかったつもりになった自分が恥ずかしくてたまらなくなる。勘違いも甚《はなは》だしい。

どう考えても自分が隣にいるよりミヤビは晶とお似合いだ。どうしようもない寂しさに包まれ、奈々はタクシーの中で自分の肩を抱きしめた。

大切な人を守るためにできること

タクシーを駅で降り、電車を乗り継いで奈々が向かったのは、真弓の自宅だった。

【これから行ってもいい？】とメールをすると、真弓は快く了承してくれたのだ。

幼い美弥がいるから迷惑なのはわかっているが、どうしてもひとりになりたくなかった。

「遅くにごめんね」

何度も謝る奈々に真弓は「気にしないの」と優しく言う。

「美弥ちゃんは？」

「もう寝てるから平気」

リビングに案内しながら、真弓は「パパも出張だしね」と続けた。

「ねね、そういえばミヤビのSNS見た？　あれ、光風堂の和菓子でしょ？　ロケのあとお店に行ったの？　私ももう少しいればよかった」

真弓は残念そうに言いながら、淹れてきたお茶をテーブルに置いた。

「あ、うん……」

気のない返事を奈々がすると、「何かあったの？」と真弓は心配な表情を浮かべる。なんでもないのと言おうとするが、どうにも笑顔にならない。そもそも夜遅くに真弓の家に押しかけた時点で、普通じゃないと彼女も気づいているだろう。

「あのね……」

奈々はついさっきのことをポツリポツリと話し始めた。

自分の置かれている状況を確認するには、誰かに話すのが一番なのかもしれない。ひとつひとつ話すにつれて頭の中が整理されていく。

だけど、そのことでまたさっきの出来事が蘇り、胸が苦しい。

「水瀬さんは、ミヤビとはなんの関係もないって言っていたんでしょう？　それなら信じてあげたらどうかな。嘘をつくような人には見えないし。奈々の話からすると、今夜はミヤビに無理に誘われたんじゃない？」

「そうなのかな……。でも誘われても断れるでしょ？」

つまり、晶もミヤビに少なからず好意はある。それも当然だ。何しろあの美女なのだから。世界的に人気のある女優から好かれて、嫌な気分になる男性はいないだろう。

奈々は自分を棚上げにした。自分だって、宮内を振り切れなかったのに。でもそれは、依子の顔を潰すわけにはいかなかったからだと正当化する。一度崩れた信頼は、そう簡単には回復できない。

そしてそれは、晶も同様だろう。自分の天敵とも言える男と奈々がふたりきりでいたのだから。

不意に奈々のスマホが着信を知らせて震えだす。もしやと奈々が思った通り、それは晶からの電話だった。

「晶さんだ……」

「早く出てあげなよ」

呟いた奈々に真弓がやきもきする。

何を言われるのかという恐怖が、奈々の手を引きとめていた。

「ほら、早く」

もう一度真弓から急《せ》かされ、渋々奈々は応答をタップし、耳にそっとあてる。

『奈々、今どこにいる?』

想像したよりも優しい声色が奈々の胸を刺した。

「あの……」

奈々が答えようとした瞬間、それまで受話口から聞こえていた喧騒《けんそう》がふっとやむ。

何かと耳を離してみれば、スマホの画面は真っ黒。電池切れだった。

「どうかしたの？」

「……電池が切れちゃった」

心配そうに聞く真弓に自嘲しながら奈々が答える。スマホにまで晶との関係は断ち切れと言われたようだった。

「じゃ、充電しなきゃ」

「ううん、いい」

「なんで？」

電話が繋がったとしても、晶と今すぐ話せることは何もない。感情的になるだけだ。

「いいの」

真弓は困ったようにため息をひとつついた。

「ともかく、今夜はうちでゆっくり休んで、少し頭を冷やしたほうがいいわ」

頑《かたく》なになる奈々に優しい言葉をかけ、真弓はシャワーを勧めた。


翌朝、いったん自宅マンションで着替えてから店へ出向いた奈々は、駅から光風堂までの道を歩いていた。

真弓には『ちゃんと話したほうがいいよ』と何度も念を押されたが、いまだにその勇気は出てこない。気を紛らわすために新作和菓子の構想を練ろうと試みても、何ひとつ浮かばなかった。

重い足取りでホテル・エステラ付近まで来ると、路肩に見知った白いセダンが停まっているのに気づく。

（……え？　まさか晶さん……？）

鼓動がドクンと弾む。恐る恐るその車に近づき運転席をそっと覗いてみると、眠っているのか、シートにもたれている晶の姿があった。

（いつからここにいたの？）

よく見てみれば、昨夜、花いかだで鉢合わせした時と同じネクタイだった。

声をかけるべきか否《いな》か、奈々がその場で迷っていると、不意に開かれた晶の瞳が奈々を捉えて大きくなる。

奈々があっと思った時には運転席のドアが開き、晶が弾かれたように降りてきた。

「今までどこにいたんだ」

奈々まで切なくなる声だった。晶に抱き寄せられ、その腕に包まれる。周りの目も気にしていないようだ。

「……晶さん、いつからここに？」

「昨夜から。自宅マンションにはいないし、連絡を絶たれたら、ここで待つしかないだろ」

ひと晩ここで待っていてくれたとは思いもしなかった。そんなことをさせてしまい、奈々の胸がキュッと痛む。でも不思議と晶の顔を見た途端、ついさっきまで落ちていた奈々の気持ちが晴れていくのを感じた。

ミヤビとのことは、奈々の早とちりだったと思っていいのかもしれない。真弓が言っていたように、彼女に無理やり誘われて仕方なく花いかだで待ち合わせたのかも。

ひと晩ここで奈々を待つほどの愛を見せつけられ、涙が溢れそうになる。

「電池が切れちゃったんです。ごめんなさい……」

故意に連絡を絶ったわけではない。ただ、真弓に充電器を借りるのを拒否したのは事実だけれど。昨夜の精神状態では、晶と冷静に話せなかっただろう。

「誤解させて悪かった。ミヤビはあの場ですぐに帰したから」

謝らなければならないのは奈々も一緒。晶が一番嫌がる相手とふたりで会っていたのだから。

「私も、ごめんなさい」

「依子さんから話は聞かせてもらったよ。宮内にも、二度と奈々に近づくなと釘を刺しておいた。今後は、別の秘書に光風堂とのやり取りをさせろとね」

奈々が断れない立場だったと晶はわかってくれたようだった。

「晶さん、時間は大丈夫ですか？」

もう間もなく八時半になる。今日もこのあと仕事だろう。

晶はハッとしたように腕時計を確認して、奈々をそっと引き離した。

「奈々、これからしばらくの間、ちょっと仕事が立て込んでいるんだ。なかなか会えないかもしれないけど、連絡は必ずする」

晶は両肩に手を置き、奈々の顔を覗き込んだ。まっすぐな瞳が奈々を見つめる。

「はい」

奈々が頷くと、晶はホッとしたように笑ってから額にキスを落とした。

「それじゃ、行ってくる」

「いってらっしゃい」

そんなやり取りに恥ずかしくなりながら、奈々は晶の車を見送った。


商品作りを終え、花いかだに卸す和菓子を業者に渡して奈々が店に戻った時だった。

ドアを開けて入ってきた人物を見て、奈々の顔が凍りつく。

「こんにちは」

どこか挑戦的な態度で挨拶をしたのはミヤビだった。

つばが広い女優帽を被り、昨夜同様にサングラスをしている。胸下をリボンでキュッと結んだ黒いカシュクールのワンピースに真っ赤なパンプス。そしてデザインに特徴のあるハンドバッグがエレガントな装いに花を添える。

どこをどう隠しても、普通の人とは違う雰囲気。そのオーラに圧倒されずにはいられない。その証拠に、明美はこの前のように黄色い歓声も上げられずに、奈々の隣で背筋を伸ばした。

「いらっしゃいませ。開店時間まであと少しなので、もうしばらくお待ちいただけませんか?」

何ごともなかったかのように挨拶をする奈々を見て、ミヤビは片方の眉を不服そうに吊り上げる。

「私がなぜここへ来たか、わかる?」

ミヤビは顎を引き上げ、大きな瞳に強い光を宿した。ミヤビの身体からにじみ出る不快感から察するのはひとつ。晶以外にはないだろう。

でも奈々は、高圧的な彼女の態度を前にして、挨拶のあとから言葉を発せられない。

「わからないようだから単刀直入に言うわね。晶から手を引いてちょうだい」

ミヤビは、臆せず毅然としていた。昨夜、晶から奈々とのことを聞かされたから、こうしてここへ来たのだろう。

奈々は、まるで映画やドラマのワンシーンを生で見ている錯覚に陥る。大女優のミヤビからそんなセリフを投げつけられる非現実的なことに、脳がついていけないのかもしれない。

「ちょっと聞いているの？　聞こえない？」

なんの反応もしない奈々にしびれを切らせたか、ミヤビは眉間に皺を寄せて険しい表情を浮かべた。美しさゆえの迫力がある。

「奈々さん……！」

その圧倒力に腰の引けた明美が、ちょんちょんと奈々のスカートを引っ張る。一体何があったんですか？という疑問と、どうしたらいいでしょうかという不安が、隣から伝わってきた。

もうすぐオープンの時間。ほかのお客の迷惑になるだろうから、このままここでミヤビの話を聞くわけにはいかない。奈々はミヤビに「申し訳ありませんが、こちらによろしいでしょうか？」と、奥にあるスタッフ用のロッカースペースへ案内した。そこは大人が三人も入ればいっぱいになるほど狭い。

ミヤビは『ここで話すの？』とでも言いたげに、顔をしかめた。

「狭くて申し訳ありません」

奈々が頭を下げると、「まぁ別にどこでもいいけど」と前置きをしてから大きく息を吸った。

「晶と別れて」

たくさん吸い込んだ息と一緒に吐き出しながら言う。とても刺々《とげとげ》しい口調だった。

ストレートな物言いが奈々の胸に突き刺さる。

「……それは、誰かに言われて決めることではないと思うのですが」

「それじゃ、あなたが決めて。私に言われなくても」

言っていることが支離滅裂だ。

「だってよく考えてみて。晶にあなたが相応しいと思える？」

ミヤビの目がいたずらに細められる。腕を組み、見下すような視線が奈々を刺した。

まさに奈々が一番思い悩んでいることを突かれ、胸が苦しい。

「彼の隣に並んでしっくりくるのは、誰がどう見ても私のほうじゃない？」

次々と耳に痛い言葉をミヤビが放つ。

「どうしても別れないのなら、私にも手段があるわ」

「……手段？」

「ええ。私の情報発信力はあなたも実感したでしょう？」

ミヤビの情報発信力。彼女が言いたいのは、自分が発信するＳＮＳがどれほどの人に影響を与えるのか、ということだろう。実際、彼女のＳＮＳのおかげで、光風堂の和菓子は飛ぶように売れた。

「私が光風堂で買った和菓子が美味しくないとか、異物が入っていたなんて言ったらどうなると思う？」

「そんな……」

ミヤビがとんでもないことを言いだした。

そんなことをされたら光風堂はひとたまりもない。彼女がＳＮＳにあげたたった二枚の写真で売上が左右されるのだ。マイナス情報はそれ以上の影響を受けるだろう。

奈々の困惑する様子を見たミヤビは、満足そうに真っ赤な唇の端を上げた。

「それから、晶の会社にも圧力をかけられるの」

「……ネクサス・コンサルティングに？」

一体どうしてそんなことができるのか。

「私のエージェンシーも彼の会社の大事なクライアントなのよ。例えば、そのエージェンシーから晶のお父様に働きかけたらどうなると思う？」

そういえば晶は昔、彼女のエージェンシーのコンサル担当だったと話していたことを思い出した。それがきっかけでミヤビと知り合ったと。

「ですが、ミヤビさんにはそんなひどいことはできないと思います」

光風堂への中傷はともかく、晶を好きならば、彼を陥《おとしい》れるような真似はできないはず。大切な人を傷つけたい人はいない。

ミヤビは鼻を鳴らして笑った。

「甘いわね。どうしても手に入れたい、ほかの誰にも渡したくない人がいたら、手段は選んでいられないわ。これまでも、そうやって役をゲットしてきたの。造作でもなんでもないわ」

ミヤビの言い方は、冗談には聞こえなかった。本気でそうすると宣言していた。

「アドバイスはしたんだから、あとはあなたのチョイス次第。あなたがどう動くかで、晶がこのまま支社長でいられるかどうかが決まるの」

「……ひどいです」

あまりにも自己中心的な考え方に、ほかに言葉が見つからない。奈々は唇をキュッと引き結び、両手を握りしめる。

ミヤビの頬には皮肉めいた笑みが浮かんでいた。

「この店の運命も晶の運命も、あなたが握ってる。答えは簡単でしょ？　言いたいのは、それだけ。タイムリミットは今夜七時。それまでに晶と別れると決めて」

「そんなの無理です！」

晶と別れると決意することも、別れることも。

「無理でも決めるのよ。決意できたら、ここに連絡をちょうだい」

ミヤビはバッグからカードのようなものを取り出し、そこにナンバーを書き記す。それを奈々の手に無理やり握らせ、ミヤビは華やかな香りを残して出ていった。

「奈々さん、ミヤビ、何しに来たんですか？　晶って、水瀬さんのことですよね？」

明美は、店に戻った奈々の腕を心配そうにそっとつかむ。その目を見た奈々は、揺れる瞳を止められない。

「……大丈夫ですか？」

「うん、大丈夫よ。なんでもないの」

奈々の顔はなんでもない状況には決して見えないだろうが、明美はそれ以上踏み込んではいけないと思ったのか、そのまま静かに口をつぐんだ。

ミヤビは、きっとそこまではやらないはず。好きなら、晶を苦しめるようなことはできない。

無理にそう思い込み、奈々はなんとか気持ちを立て直した。


店を閉め、ひとりになった光風堂。奈々は窓辺のテーブル席に座り、ライトアップされたホテルの中庭を眺めていた。ぼんやりしているように見えて、頭の中は忙しくいろいろなことが駆け巡る。

ミヤビが暴挙に出ることはないだろうというのは、奈々の希望的観測にすぎない。そうであってほしい奈々の要望。もしかしたら本気で……との想像はできればしたくなかった。晶と別れたくはないから。

刻一刻と過ぎていく時間。ミヤビが示したタイムリミットの七時まで、あと二分を切った。

七時が過ぎても、きっと何も起こらない。奈々は、祈りにも近い思いで時計を見つめ続けた。

いよいよ長針が十二に重なる。午後七時。その時を迎えても、奈々のいる世界になんら変化はなかった。

「ほらね？　何も変わらないもの。大丈夫よ」

独り言を言いながら笑顔を浮かべてみる。そうしながらも、確認せずにはいられない。スマホを取り出し、ミヤビのＳＮＳを検索する。トップに出てきたリンクをタップすると、奈々のよく知るものが写っている写真がアップされていた。

【見た目は可愛いのに、味にはがっかり。もう二度と食べたくないもののリストに追加でーす】

そんなコメントが光風堂の和菓子の写真付きで掲載。すでに〝いいね〟は数千を超えている。ミヤビはあっさりと実行に移したのだ。

「こんなのひどい……」

スマホを持つ奈々の手は、これまで経験したことのないほどに震えた。

「一体何があった？」

目を丸くしつつ光風堂に入ってきたのは宮内だった。花いかだで会った二日後のことだ。

確か晶には、二度と奈々に近づくなと言われたはずだが、それを微塵《みじん》も感じさせない。誰になんと言われようと我が道を行くタイプなのだろう。

宮内が言いたいのは、店内のお客の数のことに違いない。昼時を迎えたのに、たったのひと組。異常な事態だった。

原因は言わずと知れた、ミヤビのＳＮＳ。彼女のたった一枚の写真とコメントが、光風堂から客足を遠ざけた。彼女の発信により、ネット上で光風堂が話題になってしまったのだ。その中には光風堂に好意的な意見の人もいたが、娘があとを継いでから味は確かに変わったと、ミヤビに便乗する人が多くいた。そもそも和菓子屋だったの？といった声も多数ある。

晶の協力もあり、ようやく売上が上向きになってきたのに、坂を転がるように事態が悪いほうへ進んでいく。

「開店休業状態だな」

歯に衣着《きぬ》せぬ言い方はいつものこと。宮内はそう言ってから、ピンときたようだ。

「ミヤビ・キョウタニか」

あの夜、花いかだに居合わせた宮内も、奈々たちのただならぬ状況を知っただろう。彼のことだ。晶が話さなければ、依子に詰め寄って聞き出したのだろうから。

「あれは相当な女だよ。見た目は最高だけど、好かれたくはないタイプだな」

「先日は失礼しました」

晶とミヤビが一緒にいるのを見たショックで、奈々は宮内にも何も言わずに花いかだを飛び出した。

「いや、面白い現場を目撃できたからね」

普通なら、『大変だったね』などと言うものだろうが、宮内にそんな気遣いはない。正直だといえば、それまでだが。

「本日はどのようなご用件でしょうか?」

奈々は晶の話題から遠ざかろうとした。

「あ、そうそう。また和菓子の注文を頼みたいんだ」

宮内は本来の目的を思い出したようだ。

「うちの商品でよろしいんですか?」

「人の噂とかは気にしない性質なんだ。ちなみにうちの小田も。それに、また注文を入れると、キミに言った手前もある」

意外と律儀なのかもしれない。店がこんな状況の時には、とてもありがたい。

「ありがとうございます。お日にちはいつですか?」

そう尋ねる脇で、明美はすかさずメモを取り始めた。

珍しく柳が光風堂に訪れたのは、その日の閉店間際のことだった。お客が少なく人手に余裕があったため、明美には二時過ぎに仕事をあがってもらい、厨房の道隆もつい先ほど帰ったばかり。店には奈々ひとりだけだった。

「ここ最近、水瀬は忙しくてなかなかこちらにも寄れないようだから、久しぶりに光風堂の和菓子が食べたくなったんですよ」

そう言って笑う柳の顔を見ると、なんだか奈々はホッとした。彼の様子から、柳の耳にはミヤビとのことも、光風堂の置かれている今の状況も入っていないのだろう。

「ありがとうございます」

柳が言うように晶は忙しくしているため、あの朝以来、彼とは会っていない。何度か交わした電話での彼の様子だと、晶もミヤビのＳＮＳ投稿については知らないようだった。

「あれ？　なんだか元気がないですね」

奈々の顔を見て、すぐに柳が感づく。

「いえ、そんなことはないですよ」

そうごまかし、笑ってみる。

「それならいいんですけど、水瀬の様子もおかしいんですよね。なんか元気がないというか」

「えっ……」

それはもしかして……。奈々の胸を嫌な予感が掠めていく。

「晶さん、仕事で何かあったんですか？」

思わず勢いづいて質問をぶつけると、柳は目を丸くした。

「……あ、ごめんなさい」

「いえいえ」

柳が胸の前で両手を振る。

「秘書とはいえ、要件は僕も知らないんですけどね、デスクで難しい顔をしていたりして。よっぽど大変な仕事を任されてるのかなって。それで、水瀬を元気づける意味もあってここへ来たんです」

（晶はもしかしたらCEOから何か要求を出されているのかも。それはミヤビが言っていたように、最悪、支社長を下ろされるとか……）

大変な事態になったのかもしれない。奈々が晶のそばにいると選んだばかりに、とんでもないことになってしまった。

「奈々さん？　どうかしましたか？」

別のほうへ飛んでいた意識が柳の声に呼び戻される。

「あっ、ごめんなさい。えっと、商品はどちらになさいますか？」

「ここにあるもの全部って、水瀬みたいに言いたいんですけど、これとそれと、あっちのをふたつずつで」

「はい、かしこまりました」

奈々は箱に詰めながら、これから自分がどうすべきなのか考えることで、頭の中はいっぱいだった。

翌朝、奈々はひとつの結論に達した。それは、ひと晩寝ずに考えた末に出した答えだった。

宮内の連絡先を呼び出し、タップする。

『はい、宮内ですが？』

見知らぬ番号からの着信だからか、宮内の声は訝しげだ。

「光風堂の春川です」

名乗ってみるが、それでも『はい？』と聞き返してくる。奈々から電話があるとは思ってもいないのだろう。

『光風堂？　春川さん？　一体どういう風の吹きまわし？　あぁ、昨日予約した商品で何か？』

「すみません。違うんです。宮内さんに折り入ってお願いしたいことがあるんです」

『俺に頼みたいこと？　何？』

「それはお電話じゃなく、直接お話を」

電話の向こうで宮内が押し黙る。一体どんな裏があるのかと思案でもしているのか。しかし宮内は、「ま、いいよ」と案外軽く了承してくれた。

『キミからのお願いなんてそうそうないだろうからね。こう見えて、珍しいものは好きなほうなんだ』

「ありがとうございます」

奈々は今夜七時に花いかだで落ち合う約束をし、通話を切った。

その日も開店から休業状態に近い、閑散とした光風堂は、明美の明るさが救いとなっている。

「少し前まで奈々さんは目の回る忙しさだったじゃないですか。きっと神様が休めと言ってくれているんですよ。悪い噂だって、すぐに皆忘れちゃいます。今は次から次へと、人のあげ足を取るような情報が流れてきますから」

「ありがとう」

しばらくは、花いかだと宮内がくれる大量注文でなんとかやっていくしかないだろう。明美の言う通り、時が経てばまた客足は戻る。光風堂の和菓子には自信がある。

こんな時こそ新作の構想をしようと、奈々は厨房にこもった。


その日の夜。花いかだの個室には、宮内と奈々の姿があった。

ふたりが顔を揃えたことに依子は驚きを隠せない様子で、「大丈夫なの？」と心配そうに奈々に耳打ちをしてよこした。

「で、俺に頼みたいことって？」

「私を奪う演技をしてほしいんです」

「……は？」

回りくどく言っている猶予はない。奈々は単刀直入に口にした。

「何をわけのわからないことを。気でも触れた？　演技って何？」

宮内は奈々を不審なもので見るような目つきで見る。

「もう、そうするしかないんです」

晶を守るには、別れる以外に道がない。

このままでいたら晶は支社長の座をなくし、コンサルの敏腕を振るえなくなる。晶の大切な仕事を奈々は奪いたくなかった。

でも、ただ別れたいと晶に言っても、すんなりと受け入れてはくれないだろう。それならば、もうもとには戻れないと決定的なものを見せなくてはならない。

そう思わせるために宮内は適任者。犬猿の仲である宮内に心が揺れる女なら、晶の奈々に対する気持ちはすぐに冷めるだろう。……最低な女だと。

そんな考えに至った昨夜、晶にそう思われる恐怖に、奈々はベッドの上で毛布を頭から被った。

(いっそのこと、もうこの世界から消えてしまいたい。晶さんのそばにいられないくらいなら)

でも、それが晶に対してできる、奈々のたったひとつのこと。

奈々が正直にすべてを打ち明けると、宮内はなんとも言えないといった複雑な表情を浮かべた。

「キミも、なかなか頑固な性格だね。ま、そんな女性は嫌いじゃない。いいよ。引き受ける」

「ありがとうございます……！」

本当によかったと、奈々は胸を撫で下ろす。今ここで宮内に断られたら、このあとを思うように進められない。

奈々が宮内に深く頭を下げた時。個室のドアが開き、そこから依子が顔を覗かせた。

「奈々さん、水瀬さんがお見えになっているんだけど……？」

「ありがとうございます。こちらにお通ししていただけませんか？」

奈々が動じもせずに答えると、依子は宮内をチラッと見てから「本当にいいの？」と念を押した。

この前の修羅場のような現場に居合わせた依子だから、心配するのは当然だろう。ひとり足りないが、あの時の三人がここに集結するのだ。

実は今朝、晶にも今夜少しだけでいいから時間を取ってほしいとお願いしていた。

「おい、ちょっと待て。今の話、これからすぐやる気？」

宮内が珍しく取り乱す。テーブルに身を乗り出し、やめろとばかりに奈々に手を伸ばした。

「そうなんです。よろしくお願いします」

日を改めている時間はない。晶を早くこんな状況から解放したい。その想いだけが奈々を突き動かしていた。

奈々の真剣な様子を見て諦めたのか、宮内は「……わかったよ」と背もたれに身体を預けた。あとは奈々の演技にかかっている。晶との別れの恐怖に怖じ気《おけ》づかずに、芝居をしなければならない。

依子に案内されて個室に入ってきた晶は、宮内がいると気づき顔色が変わる。

そんな晶の顔を見て、奈々の胸が苦しくなる。久しぶりに会えたのに、今夜が最後。

「……奈々、どういうこと？」

晶がその場で立ちすくむ。

「まぁとにかく座ってよ、水瀬」

奈々の隣にいる宮内が椅子を勧めると、晶は奈々が震え上がるほどに鋭い目で彼を刺した。

「どういうつもりだ、宮内」

「あの、晶さん、お話を聞いてください」

今度は奈々が座るようにお願いすると、晶は渋々椅子にストンと腰を下ろした。

痛いほどに注がれる晶の視線から、奈々は思わず目を逸らす。晶のまっすぐな目を見たら、もう何も言えなくなる。言わなきゃならないことが、何ひとつ口から出なくなる。でも、そうなるわけにはいかない。

晶の居場所を守る。それが晶に対する奈々の精一杯の愛。心に鉄のベールを被り、奈々が口を開く。

「晶さんとお別れしたいんです」

「……え？」

ここへ呼ばれた理由が、まさかそんな話だとは晶も思わなかっただろう。一拍間を置いてから、目を激しく瞬かせた。

「水瀬、悪い。実は彼女と……いや、奈々とそうなったんだ」

そう言いながら宮内は奈々の肩を引き寄せた。ついその手を突き放したくなった奈々だが、なんとかこらえた。

「まぁ平たく言えば、気持ちを通じ合わせたって言うのか？　俺は奈々を愛し、奈々も俺を愛してるってことだ」

「……何ふざけたことを言ってるんだ」

奈々から見えなくても、晶が膝の上で拳を震わせているのがわかった。彼の肩が小刻みに揺れている。

「ふざけてなんかないさ。大真面目な話。水瀬には悪いが、奈々は俺がもらう」

「言っている意味がわからない」

晶は大きく首を横に振りながら、眉間に皺を寄せた。

「晶さん、本当にごめんなさい」

奈々は唇が震えてどうしようもなかった。でも、ここで引き返すわけにはいかない。両手をギュッと強く握り、気を確かに持つ。そうでもしなければ、『本当は違うの』と言ってしまいそうだった。

「……晶さんにはいろいろとよくしていただいたのに、こんなかたちで裏切って……」

言葉が続かない。もう晶の顔も見られなかった。胸が押し潰され、呼吸もまともにできない。

「……ごめんなさい。私まだ仕事が残っていて。……晶さん、お忙しいのにお時間を取ってくださり、ありがとうございました。失礼します」

これ以上その場にいられなかった。今すぐにでも晶の胸に飛び込みたい。そんな想いを封じ込めるには、彼の前から姿を消す以外に方法を見つけられない。

奈々は一礼すると個室を飛び出し、そのまま花いかだをあとにした。

走って走って、とにかく足を前に出す。晶と別れた場所から、一刻も早く遠ざかりたかった。

どのくらいそうしたのか、気づけば見知らぬ街にいた。

喧騒が遠のき、暗がりにぼんやりと浮かぶように公園があった。赤い色をしたジャングルジムに今にも消えそうな外灯があたり、頼りない影を伸ばしている。

奈々はひと気のないその公園に足を踏み入れ、朽ちかけたベンチに腰を下ろした。

懸命に走っていた足を止めたせいか、晶と別れた事実が後ろから追いかけてくる。

それはあっという間に追いつき、奈々の身体を覆《おお》い尽していく。胸の奥から悲しみがせり上がってくるのを奈々はなんとか押さえつけた。奈々にはまだ、やらなければならないことが残っている。

バッグからスマホを取り出し、ミヤビから手渡されたメモの番号をタップしていく。

数コールで出たミヤビは奈々からの電話だと知ると、『何か用？』と気のない素振りだった。

「……晶さんと別れました」

『本当に別れたの？』

電話の向こうのミヤビの声が弾む。

「別れました。だからこれ以上、晶さんを苦しめるのはやめてください。晶さんを支社長の座から引きずり下ろそうとするのはもうやめて」

『もちろんよ。エージェンシーにストップをかけるわ』

ふふふと笑うミヤビの声に耳を覆いたくなる。

ミヤビはやはり、晶の会社に手を回していたのだ。それを知って奈々の手が震える。

(なんて人なの。ミヤビさんだって晶さんを好きなんじゃないの？　その彼を苦しめるなんて……)

『だけど、どうしてもっと早くそうしなかったの？　そうすれば、あなたの店だってなんともなかったのに。今、大変でしょう』

ミヤビはまるで歌を歌うような節をつけた。奈々の置かれた状況を面白がっているようにすら感じる。

「……ミヤビさんは本気で人を好きになったことがないんですね」

奈々の心の声が、つい唇からこぼれた。もはやそうだとしか思えなかった。上辺だけの気持ちで、心から愛していない。だから、こんなにひどいことが平気でできる。

『な、何を言ってるの、あなた』

ミヤビが珍しく動揺する。それを隠すようにミヤビは続けた。

『晶に本気じゃなかったら、何が本気だっていうの？　失礼ね』

「本気で好きなら、彼を苦しめるようなことはできないです」

『好きだからそばにいたい。好きだからほかの誰にも渡したくない。それって当然でしょ？』

それが、時に自分優先の想いに繋がる。相手を苦しめることにも。

誰にも渡したくないのはわかる。それは奈々だって同じだ。本当は晶と離れたくはなかった。

『とにかく、あなたが晶と別れたのはわかったわ。もう話もないわね。じゃ』

ミヤビは忙しなく通話を切った。

奈々の手からスマホが滑り落ちていく。コトンと音をたてて、それはベンチの上に転がった。

これでもう晶との関係は本当に終わった。頬をひと筋伝った涙が、堰を切ったように溢れてくる。もう我慢はできなかった。

こぼれた涙がスカートに点々と染みを作っていく。奈々はそれを拭うことすらできず、声を押し殺して泣いた。

絶対に離さない

「おい、追うな」

立ち上がり奈々を追って部屋を出ようとした晶を宮内が引きとめる。

「彼女の気持ちも察してやれ」

（奈々の気持ち？　それはどういうことだ）

晶は眉をひそめて宮内をじっと見据えた。

「宮内、説明してくれ。一体何があった」

「今のが茶番だって水瀬もわかっているんだろう？」

突然別れを切り出した奈々が、本当にそれを望んでいたとは晶も考えていなかった。

自惚《うぬぼ》れかもしれないが、奈々の気持ちが自分から離れるとは、ましてや宮内に心動かされるなどあるはずもない。あれほど深く求め合い、互いに想い合った時間が、こんなにあっさりと覆るとは考えられないから。

「支社長を下ろされそうになってるって？」

「……誰が？」

「水瀬以外に誰がいるんだよ」

「俺？」

宮内は答える代わりに眉間に皺を寄せた。

「上からなんか話をされてるんだろ？」

確かにＣＥＯである父親からここ最近、何度となく連絡が入っていたのは事実。だがそれは、仕事の打診だ。それもこれまでになく大きな。

宮内にそう答えると、「話が違うな」と首を捻る。

「元気がなさそうだって、奈々さんに思われるようなことか？」

「……日本を離れなければできない仕事なんだ」

スイスに初の支社を立ち上げることが決まり、その支社長として現地に行かせたいとのことだった。長くて五年、短くて二年。向こうでの仕事を軌道に乗せるまでを任せたいと。自分を試す大きなチャンスではあるが、奈々を日本に残していく踏ん切りがつかず、返事を保留にしている。

「奈々さんから店のことは？」

「店？　光風堂に何かあったのか？」

昨日、柳が閉店間際に行ったようだが、特に変わった様子があったとは言っていなかった。

「はぁ……ったくしょうがないなぁ。ミヤビ・キョウタニが光風堂を貶《おとし》めたんだぞ」

宮内の話から、ミヤビが自身の影響力を使って光風堂の名を汚したという、あまりにもひどい現状を知った。そのうえエージェンシーまで使い、晶を支社長から下ろそうと画策していたとは。

奈々はそれを止めようと別れを選んだのだ。

(奈々がそんなことになっていると気づかず、俺は何をやっていたんだ)

晶は自分の膝を拳で強く殴った。

奈々の大きく揺れる心を全く察知できずにいたのが歯がゆい。それどころか、奈々と離れることを躊躇するばかりに、上からの打診を保留にしている。彼女の気持ちを踏みにじるも同然の行為だ。

「彼女なら、晶の背中を押すんじゃないか？　晶のピンチを知って、自ら身を引くくらいなんだ」

宮内の言葉が妙に晶の胸に突き刺さった。

奈々を今すぐこの腕に抱きしめたい。何も不安に考える必要はないと。

「その前に、水瀬にはやるべきことがあるだろ？」

宮内が何を言いたいのか、晶にはすぐわかった。

「宮内、俺はお前を誤解していたようだ」

「お？　やっと俺様のすごさに気づいたのか」

照れ隠しか、宮内が冗談めかす。

「調子に乗るな。とにかく、ありがとう」

「出馬する時は頼んだぞ」

宮内と拳をコツンとぶつけ合い、晶は花いかだをあとにした。

スマホを取り出し連絡先をタップする。ワンコールも鳴らないうちにミヤビが出た。

『晶！　私もちょうど今電話しようと思っていたの！　すごいわ。私たち、やっぱり通じ合ってる！』

「今から会えるか」

ミヤビのハイテンションとは対照的に、晶は淡々と切り出した。

『もちろんよ！　よかった、日本を発《た》つ前に晶に会えて。大切な話があるんでしょう？』

「……だな」

ミヤビは、それが自分にとってよい話だと思っているようだ。奈々から晶と別れたと連絡でも入ったのだろう。

彼女の宿泊するホテルにこれから向かうと告げ、晶は車を走らせた。

ミヤビがどんな手段を使おうが自分の気持ちが彼女に向かうことはないと、とことん話をする以外にないだろう。

ホテルの裏口に到着すると、ミヤビは帽子を目深《まぶか》に被り、顔のほとんどを覆い隠すほどのマスク姿で出てきた。

「晶から連絡をくれて嬉しい」

ミヤビは助手席に乗るや否や、晶の腕に絡みついた。

晶はそれをさり気なく外し、車を再び発進させる。人目につかない場所で話をしたかった。

「私に話ってなぁに？　きっといい話よね？」

ミヤビは嬉しさを隠し切れない様子だ。

「車を停めてから話そう」

「うん、わかった」

珍しくミヤビが晶の言葉を素直に聞き入れるのは、喜ばしい話が待っていると思うせいだろう。おとなしくなった隣のシートからは、ウキウキと弾む空気が漂ってきた。

しばらく車を走らせ、都会のオアシスともいえる大きな公園の駐車場に停める。昼間は家族連れやペットの散歩、ジョギングする人たちなどで賑わう公園は、夜の九時近くにもなれば閑散としていた。

ギアをパーキングに入れた晶は、ミヤビへゆっくりと視線を合わせる。

「ミヤビ」

「うん、なあに？」

「SNSにとんでもないことをアップしたそうだな」

「……え？　何が？　どんな？」

キラキラと輝いていたミヤビの瞳は一瞬光を失ったが、すぐに持ち直す。

「光風堂の和菓子の批判」

「そ、それはだって本当だもの。見た目は確かに可愛いらしいけど、味は普通だし。っていうか私、生クリームのほうが好きなんだもん」

「奈々を陥れるために書いたんだろう？　俺と別れなければ書くって脅したんだって？　それから俺を支社長から下ろすよう、エージェンシーを使ってネクサス・コンサルティングに働きかけようともしたそうだね」

「なっ……」

　さすがに晶のそのひと言には、ミヤビも言葉に詰まった。何かをじっと考えるように唇を噛みしめてから、恐る恐る口を開く。

「……あの人から聞いたの？」

「奈々はそんなことを俺には言わない。それどころか、別れると言ってきたよ」

「な、なんだ。別れたの？」

　さも初めて聞いたようにミヤビがとぼける。だがそれが演技だと、電話をした時の様子からわかりきっている。奈々から晶と別れた報告があっただろうから。だからこれでもう、晶のことを苦しめないようにと。

「奈々とは別れない」

「だって、彼女は別れるって言ったんでしょ？」

「……ミヤビ、よく聞いてくれ」

　晶は身体を助手席のほうへ向け、ミヤビをまっすぐ見据えた。

「俺は、ミヤビを友人以上に思っていない。ミヤビがどんな手を使おうが、奈々から心が離れることはないんだ。奈々以外に大切に想える人はいない」

「な、何よそれ。だって、よく考えてみてよ。私のほうがあの人よりずっと綺麗だし、晶のことはあの人よりよく知ってるの。晶に相応しいのは私のほうなのよ。ね？ よく私を見てみてよ。晶はこれまで一度だって私をちゃんと見てくれたことはないじゃない。だから——」

「ミヤビ」

どんどん興奮して声を荒げていくミヤビの肩に、晶が手を置く。

落ち着かせようとしてゆっくり名前を呼ぶと、ミヤビは大きな瞳で力いっぱい晶を睨《にら》んだ。

「どうして？ どうしてなの？ どうして私じゃダメなの？ こんなにも晶のことが好きなのに……！」

頭を激しく横に振り、ミヤビが取り乱す。

「ミヤビ、落ち着くんだ」

「嫌よ！ それなら私を好きになって！」

「俺は、奈々しか見えてない」

晶の言葉にミヤビの身体がピタリと止まる。振り乱した髪の隙間から悲しげに晶を見つめた次の瞬間、ミヤビは助手席のドアを開け、車から飛び出した。

「ミヤビ！」

「もう晶なんか大っ嫌い！」

そう叫んで駐車場内を駆けだす。外灯が照らす静かな公園に、ミヤビのヒールの音が響き渡った。

「ミヤビ、待て！」

晶が追いかけ、少しずつ距離を縮めていく。

（どこへ行く気だ）

ミヤビは駐車場の入口から歩道へ駆け、そのまま車道へと飛び出した。

「ミヤビ！」

晶がそう叫ぶと同時に、車の急ブレーキの音がけたたましく響く。次の瞬間、ミヤビは車道へ倒れ込んだ。

真っ白い無機質な壁に四方を囲まれた部屋は、消毒薬の匂いが微かに漂い、どことなく気分が滅入《めい》る。救急病院の特別室だそうだが、応接セットとバスルームやトイレがある以外は、普通の病室となんら変わらない。

晶は深いため息をつきながら、ベッド脇の椅子に腰を下ろした。

「どこか痛いところは？」

晶に背を向けて横になるミヤビの細い腕には、包帯が巻かれている。

幸いにも事故による怪我《けが》はたいしたことはなく、手足と背中に打撲と擦傷を負っただけで済んだ。医師から告げられたのは全治一週間とのこと。進行方向の信号が赤になったため、ミヤビと接触する前に車が減速していたのが不幸中の幸いだった。

「ミヤビ?」

「もう帰って」

晶が呼びかけると、ミヤビは毛布を引き上げて頭から被った。

仕方なく晶が「明日また来るよ」と彼女に声をかけ、病室から出ようとした時。

ノックの音と同時にドアが開けられる。返事をする隙すらなかった。

入ってきたブロンドの髪のふたりの男は晶を見て一瞬目を見開いたが、それにかまわずミヤビのベッドに駆け寄る。しかしミヤビは、彼らの声にすら反応をしない。ふたりは、ミヤビがロケの日に光風堂へやってきた時に一緒にいた男たちだった。

肩をすくめて顔を見合わせるふたりに、晶が医師から告げられた怪我の状況を話すと、ふたりは今後の撮影について困り果てた様子だった。

忙しなく電話をし始めたふたりとミヤビを置き、晶は病室のドアを静かに閉めた。

ロケで来日していたアメリカの人気女優が交通事故で入院したニュースは、ネットを中心に瞬く間に広がり、ネクサス・コンサルティングでもその話題で持ちきりだった。しかも連日、日本人の男が病室に足繁く通っているスクープまで飛び出す始末。その〝男〟は言うまでもなく晶なのだが、幸いにも顔にモザイクがかけられて不鮮明なため、柳ですら気づいていない。

その晶は、仕事の合間を縫って病院に来ていた。晶だけは中に通すように伝わっているのだろう。病室の前には常に警護がついていたが、晶は入ることを許されていた。ただ、病室に入っても、ミヤビはひと言も発さない。晶から顔を背けてベッドに頭から突っ伏し、その上にはさらに毛布まで被る。怒りを解く気はさらさらないようだった。

だからといって、このまま放っておくわけにもいかない。事故は車道に飛び出した彼女の過失に違いないが、晶に責任の一端がないとは言い切れないから。とにかくミヤビに奈々とのことを理解してもらわなければ先に進めない。

「ミヤビ、そろそろ顔くらい見せてくれてもいいんじゃないか?」

晶が優しく声をかけても、返ってくるのはため息だけ。面会時間が終わるまでの一時間、無言でただ椅子に座っているしかなかった。

そんなやり取りが続いた六日後の夜。晶が、「今夜は帰るよ」と立ち上がった時だった。

「もういいから」

毛布を頭から被ったまま、ミヤビがポツリと呟く。

「ミヤビ？」

晶が名前を呼ぶと、勢いよく毛布を取りミヤビが顔を出した。不機嫌な様子に変わりはないが、顔を見せてくれたのは大進歩。晶は椅子を引き寄せ、再び腰を下ろした。

「やっと出てきてくれたか」

安堵のため息をともに言葉を吐き出す。

「晶、しつこいわ」

「……しつこい？」

まさかそう言われるとは思わず、晶が聞き返す。

「だって、私がずっと無視してるのに、凝りもせずここに通ってくるんだもの。私のことなんか、これっぽっちも心配なんかしてないくせに。早くあの人のところに行きたくて仕方がないくせに」

頬を膨らませ、ミヤビは晶を軽く睨んだ。ただ、そこには事故に遭う直前の刺々しさはない。微笑すら浮かべているように見える。

「心配してたよ」

「嘘ばっかり」

「本当だよ」

晶が宥めるように優しく言う。

軽傷だからよかったが、顔に傷を負っていたらただごとでは済まなかったはずだ。

「エージェンシーの人たちに怒られちゃった。撮影に穴を開けるとは何ごとだって。アメリカに帰ったら、共演者たちに平謝りだわ」

ミヤビは不満そうに唇を尖らせた。ヒロインといえど、そのあたりは甘くはないらしい。

「ネットで書かれていることは大丈夫なのか?」

「……あぁ、晶がここに通ってるって? それならぜんぜんへっちゃらよ。アメリカじゃ、女優は奔放な恋愛遍歴があったほうがいいの」

ミヤビによれば、それがかえって次の仕事に繋がると言う。日本とは事情が違うようだ。

「もういいよ、晶」

ミヤビはベッドに座り直し、晶に身体を向けた。

「いくら駄々をこねたって、晶が手に入ることは永遠にないんだもの」

「……ごめん」

「謝られたら惨めになるからやめて。あの人と別れさえすれば、晶は私を見てくれるって思い込んでた。冷静に考えれば、そんなことあるはずもないのに。そうだとしたら、とっくに私を好きになってくれていたはずだから」

ミヤビは、全身から力が抜けたようにリラックスしていた。晶がそんな彼女を見るのは、もしかしたら初めてかもしれない。いつでも虚勢を張り、肩にどことなく力が入っているようだったから。

「私、晶よりもずっといい男を捕まえるの。だからもう心配しないで。晶を解放してあげる」

ミヤビはそう言って笑った。

ミヤビのSNSの影響は、一週間経ってもなお、光風堂から客足を遠ざけていた。

晶のコンサルのおかげで、じわりじわりと上がった和菓子の売上は、再び伸びが止まった状態。和菓子にお客の目が向く以前は軽食の売上がそれなりにあったが、和菓子の味を否定されたせいで、サンドの味も落ちているのでは？と、取られているようだ。昼時に軽食を求めるお客も減っている。

晶と別れてしばらく塞ぎぎみだった奈々だが、光風堂をこのままにはしておけない。なんとか起死回生をと、再び奮起し始めた。

懐中《かいちゅう》おしるこ。それは餡を最中の皮で包み、お湯をかけて食べる、いわゆるインスタントおしるこだが、光風堂の商品の中でも特に売れ行きが悪い商品のひとつにあげられる。

本来なら製造をやめて別の商品にすべきかもしれないが、奈々にとっては父が商品化した中でもお気に入りの一品。お湯をかけて溶けだした時の餡と皮はたまらなく香ばしいし、優しい甘さにホッとする。とてもインスタントのおしることは思えない。

なんとかしてもっと目立つ商品にできないかと、奈々は昨日から頭を悩ませていた。それはあの焼きアイスクリームを思い出したせいでもある。あの時感じた弾む気持ちを、この懐中おしるこで表現できないか。そう考えては、トレーに置いた懐中おしるこを眺めた。

「奈々さん、聞こうかどうしようか迷ったんですけど……」

閉店間際の厨房に明美がそろりと足を進める。

「どうかした?」

奈々が顔を上げて小首を傾げると、明美はスマホを差し出した。

「これ、水瀬さんに似ていませんか?」

その名前に心臓がドクンと弾む。

明美が奈々に見せたのは、〝事故に遭ったミヤビ・キョウタニを見舞うイケメン男性〟とキャプションのついた写真だった。白い建物に入っていく男の人の姿。顔にモザイクがかかっているものの、雰囲気は彼そっくり。

彼女が交通事故に遭ったことは奈々も知っている。日本にロケに来ているハリウッド女優の事故だったため、テレビでも盛んに報じられていたから。

(きっとこれは晶。やはりミヤビと付き合うことになったんだ)

奈々の胸が鈍い痛みに包まれる。

「そうなのかもね」

「そうなのかもねって、おかしくないですか? 水瀬さんは奈々さんの恋人なのに。この書き方だと、まるでミヤビのほうが恋人みたいですよ?」

奈々はまだ晶とのことを明美に話していなかった。心の整理がつかず、いまだに信じたくない気持ちでもあったから。

でもよく考えてみれば、奈々が晶のような人と付き合えたこと自体、おかしな話だったのかもしれない。奈々は束の間、夢を見ていただけで、ようやくそこから覚めたのが今の状態。スクープ写真を見て、そう思わざるを得なかった。

「そうなんじゃないかな」

「え？　だって水瀬さんは――」

「別れたの。ごめんね。ずっと言えなくて」

明美の言葉を奈々が遮《さえぎ》る。

奈々が無理に笑う様子を見て、明美は痛々しいものでも見るように顔を歪《ゆが》ませた。

「嘘、どうして……」

そこまで言い、明美は言葉を続けられなくなった。

「明美ちゃん、私は平気だから。明美ちゃんもそんな悲しそうな顔しないで」

奈々が明美の肩をトントンと優しく叩いた時。

「すみませーん。もう終わりー？」

店のほうから男の人の声が聞こえてきた。

明美と顔を見合わせ「お客様よ」と、ふたり揃って出ていく。するとそこには宮内がいて、厨房のほうを覗き込むようにして首を伸ばしていた。

「いらっしゃいませ」

「また注文をお願いしようと思ってね。おっと、今日もたくさん残ってるねぇ」

宮内がショーケースに並ぶ和菓子を見て茶化す。

間もなく閉店。店内にも客はもういない。製造個数を減らしてはいるが、今日もまた廃棄ロスが出る。でも、宮内のように笑い飛ばしてくれたほうが、奈々も気が楽ではある。

「宮内さんに買っていただこうと思って残しておきました」

冗談のつもりで奈々が言うと、宮内は「いいよ」と軽いノリで返した。

「やだ、冗談ですから」

そもそも、宮内はあんこが苦手なはず。

「いや、いいよ。あんこは魔除けなんだろ？」

「ですが、こんなにたくさんはさすがに多すぎます」

「俺たち、付き合うことになったんじゃなかったっけ？」

宮内が口の端に笑みを浮かべる。

それをそばで聞いていた明美は「嘘！」と口を手で覆った。

「宮内さん、あれは違うじゃないですか」

「あれ？　そうだった？　でも水瀬とは別れたんだし、演技を真実にするのも手じゃない？」

　とぼけながら面白がる宮内に、奈々は「しません」ときっぱり告げる。

（もうほかの誰とも恋はしない。できない）

「まぁいいや。ともかく注文をさせてくれ」

　両手を広げ肩をすくめた宮内が仕切り直した時、店のドアが開き、思いも寄らない人が入ってきた。晶だったのだ。

（どうして彼がここに）

　驚いて固まる奈々と明美をよそに、宮内だけは落ち着いていた。

「ずいぶんと時間がかかったみたいだな、水瀬」

「なんで宮内がここに？」

「俺にそんな言い方はないだろう？　そもそも奈々は俺と付き合っているわけだし」

　奈々がふたりのやり取りを呆然《ぼうぜん》と見ていると、ふと晶と目が合った。どう反応したらいいのかわからずうつむく。

「奈々」

名前まで呼ばれて奈々の鼓動が大きく弾んだ。

「いろいろと悪かった。ごめん」

言っている意味がわからない。事態が飲み込めず、奈々は戸惑うばかり。

「行こう。俺たちは邪魔者」

「え？　でもっ……」

宮内と明美がこそこそと店を出ていく。それを視線の隅で捉えながら、奈々は混乱の中にいた。晶がどうしてここにいるのかも、彼が謝る理由も理解ができない。

ショーケースを挟んで立つ晶がゆっくりと近づいてくる。奈々は身じろぎもできずにその場に突っ立った。

晶の手が伸びてくる。まるでスローモーション動画を見ているような感覚だった。

そして次の瞬間、思いがけないことに奈々は晶の腕に抱き込まれていた。

「奈々がひとりで苦しんでいるのにも気づかず、本当にごめん」

「あの……？」

「もう何も心配する必要はない。ミヤビも大丈夫だから」

晶にそう言われても、奈々の頭の中は疑問符だらけ。スクープ写真を見たせいもあるのかもしれない。ミヤビのそばにいるべき晶が、どうしてここにいるのだろうか。

それに、奈々は宮内と付き合っていることになっているのだ。

「あの夜、宮内から全部聞いたよ」

「えっ……」

奈々は晶の胸を押して身体を離すと、彼を驚きの表情で見上げた。

晶は、奈々が花いかだを飛び出したあとに、宮内から本当のことを聞かされたことを話した。仲がいいとは決して言えないふたりだから、宮内は晶の耳に真実を入れはしないだろうと奈々は思っていたが、それは奈々の誤算だったようだ。

「ミヤビのことでつらい思いをさせて悪かった。彼女もわかってくれたから、もう二度と奈々を傷つけることはない」

晶の言っている言葉が耳をいったん素通りしていく。それはおそらく、そんなことがあるはずはないと、奈々の脳がしめ出しているせいだろう。

「……それじゃ、晶さんも支社長を下ろされたりしないんですか?」

こうして奈々のもとに走り、ミヤビから交換条件でもつけられたのではないかと不安になる。

「もちろん大丈夫だよ」

「よかった……」

光風堂に対する責任もさることながら、晶の仕事も奈々にとっては大切なもの。それをなくさずに済み、奈々は心の底からホッとした。

晶にもう一度引き寄せられ、その腕に包み込まれる。この一週間の別れは、途方もなく長い時間に感じた。晶の温もりのなつかしさに、胸の奥から喜びが込み上げる。またこうして晶に抱きしめてもらえる日が来るとは、想像もしていなかった。

「ただ、ひとつ大事な話があるんだ」

晶はそっと引き離した奈々を優しく見下ろす。正体はわからないが、その瞳の奥に秘められたものに奈々は胸騒ぎを覚えた。何を言われるのかと身がまえ、晶の腕を思わずギュッと握る。

「二週間後に日本を離れることになったんだ」

自分の耳を疑いたくなった。

(晶さんが日本を離れる？　また私のそばからいなくなるの？)

「それってやっぱり……」

ミヤビが関係しているのではないかと奈々は咄嗟に考えたが、晶は静かに首を横に振った。

「ミヤビとは無関係だ」

晶の突然の話に、奈々の思考回路は追いつかない。今そばにある温もりをまた手放す想像ができなかった。

「実はスイスに新しくできる支社の支社長にって話をもらって」

「スイスの、支社長……」

これから設立される支社を一から立ち上げる。晶にしてみれば、それはとても喜ばしいことだろう。すでに実績のある東京よりも、ずっと名誉な話に違いない。

でもそうなると、ちょっとやそっとではスイスから離れられないはず。

「短くて二年、長くて五年」

奈々は、途方もない年月に気が遠くなりそうだった。晶と一緒にいられたこの数ヵ月より、遥かに長い時間を別々に過ごさなくてはならない。それも、スイスという日本から約一万キロも離れた場所で。

でも、行かないでと、泣いてすがりつくわけにはいかない。そんなことをすれば、奈々がミヤビから晶を守ろうとしたことがなんの意味もなくなる。晶の仕事の成功は、奈々の喜びだから。

奈々は唇が震えるのを必死で抑えながら微笑んだ。

「頑張ってきてください」

奈々は日本を離れるわけにはいかない。光風堂をなんとしても守っていかなければならないから。晶を見送るしかないのだ。

「奈々、ありがとう」

晶は奈々をそっと引き寄せ、唇を重ねた。

自分たちならきっと大丈夫。遠く離れても、お互いを想い合っていられる。

頼もしく優しい腕に包まれながら、奈々は自分に言い聞かせるように心の中で何度も呟いた。

潮風が運んできた願い

れは全く見えない。

「奈々さん、占いしるこ、完売です」

厨房から出てきた奈々に明美が報告する。満面の笑みを浮かべた明美の顔には、疲れは全く見えない。

晶がスイスへ渡ってから間もなく二年と三ヵ月が経ち、季節は秋の入口。光風堂は飛躍的に売上を伸ばし、連日目の回る忙しさの中にある。

ミヤビのSNSへの投稿により史上稀に見る売上低迷期は三ヵ月にも及んだが、その間に奈々は新商品の開発に専念した。それにより誕生したのが、占いしるこだった。

それは、お湯をかけると最中の皮が破れ、中から餡と一緒に星や花、ハートといった形のカラフルで可愛いらしいゼリーがランダムにひとつだけ出てくるもの。その形によりその日の運勢を占えるようになっている。

例えば、星だったら運勢は大吉。桜の花は心身ともに健康。ハートだったら恋愛運に恵まれるといった具合だ。

最初は店で試食として出したり、奈々や明美の友人への宣伝でじわじわと売れ始めた。そんなある時、動画サイトで超のつく有名人が、ゼリーが出てくる様子をサイトにアップし「美味しくて楽しい」と発言したことから火がつき、女性を中心とした人気商品となった。そのほかにも、占いしるこでハートが出た人の婚活が成功したり、星が出た受験生がみごと志望校に合格したなど、テレビや雑誌などでも取り上げられ、そこから起死回生の爆発的ヒット。

一日に作れる数は二百個と限られているため、店の前には開店前から行列ができ、オープンするや否や完売するようになった。

占いしるこの売上に引き上げられるように、ほかの和菓子も売上がぐんぐん伸び、閉店まで商品が並ばないことも多い。数を増やしても増やしても追いつかない、嬉しい誤算続きなのだ。

また奈々は、『ABP〜All Business Person』という経済界の著名人が軒並み顔を連ねる経済紙にインタビュー記事が掲載され、このところは有名人の仲間入りまでしている。

離れ離れになった晶とは毎日メールを欠かさず、三日に一度の割合で電話でも話している。

向こうでの仕事は順調らしく、奈々同様に毎日忙しくしているそうだ。前回会ったのは、正月に晶が一時帰国した時。それから八ヵ月が過ぎ、この頃の奈々は晶の温もりが恋しくてたまらない。電話やメールでもこれ以上ないほどの愛の言葉をかけてもらっているが、実物の晶にはやはり敵わないから。

昨日の電話で、晶はスイスでの仕事が長引きそうだと言っていた。短くて二年と言っていたが、新会社ともなれば軌道に乗せるためには、もう少しかかって当然だろう。支社長ともなれば、責任も重大だ。

（あと半年？　それとも一年？　ううん、もしかしたら永遠に帰ってこられないかもしれない）

二年を過ぎたあたりから、奈々はそんなことをふと考えるようになり、不安を覚えることもあった。

「会いたいな……」

つい口から漏らし、明美に「水瀬さんにですか？」と心配顔をさせてしまった。

「あ、ごめんね、違うの。もっとたくさんのお客様に会いたいなーって。これからも光風堂の和菓子を大勢の方たちにお届けしていけたらいいなと思ってね」

「そうですよね。奈々さんなら、きっとできます。日本だけじゃなく、世界中の人たちに光風堂の和菓子を食べてもらいたいな」

実は奈々には、少し前から考えていることがあった。ひと口和菓子は消費期限が二十四時間だから無理だろうが、多少日持ちのする占いしるこのようなものであれば、ネット通販も可能ではないかと。

それには職人を育てる必要もあるから、すぐには無理だけれど。ネット通販ができるようになれば、それこそ世界中の人たちに光風堂の和菓子を知ってもらえる。

「そういえば奈々さん、明日の約束、忘れていませんよね？」

明日は定休日。雑誌掲載のお祝いと称して、奈々と明美は宮内から食事に招待されている。

葉山《はやま》の海辺にあるオーベルジュ。花いかだの依子がオープンさせた二号店へ連れていってくれるという。

レストランで出されるのは、もちろん懐石料理。前評判から高く、開店から三ヵ月経った現在も予約がなかなか取れない。今回は依子が懇意にしている宮内だからか、なんとか手配できたそうだ。

「もちろん」

「宮内さんにたっぷりご馳走してもらいましょうね」

明美は明日のことでも考えているのか、ニコニコしながら両手を握って胸の前で振った。

不安になっても始まらない。晶も仕事を頑張っているのだ。自分もここで精一杯やっていこう。

奈々は気持ちを切り替え、明美に「そうしましょ」と頷いた。


翌日の午後一時。宮内の運転で降り立った葉山の花いかだの駐車場は、予想通り満車だった。少し前の鋭く刺すような日差しはだいぶ柔らかくなり、秋にさしかかった海から心地よい潮風が吹いてくる。

エメラルドグリーンの海に映える白亜《はくあ》の外観の花いかだは、その名の通り海に浮かぶプルメリアの花びらのよう。美しい景観に三人ともしばらく見入った。

「ようこそおいでくださいました」

出迎えてくれた依子は相変わらず着物がよく似合う。ペパーミントグリーンの付《つ》け下《さ》げに、小花が散らされたベージュの帯は洗練された印象だ。

「素敵なお店ですね」

都内の落ち着いた雰囲気の店と比べると店内が明るいのは、外観と同様の白い壁のせいだろう。開放感たっぷりの大きな窓からは自慢の景色が広がっている。座敷のイメージがあるせいか、一見すると懐石料理の店には見えない。それは都内の店も同様に。そのギャップがまた新鮮でもある。

「奈々さんからはオープンの時にお花をいただいて。その節は本当にありがとうございました」

「俺も送りましたけど？」

宮内は奈々の隣で不満げだ。

「そうでしたわね。宮内さんもありがとうございました」

「これはこれは、おまけのお礼をどうも」

宮内の受け答えが、その場のムードをより和やかにさせる。明美はクスクスと笑っていた。

「依子さん、毎日お忙しいんじゃないですか？」

葉山店がオープンしてからは都内との往復の毎日。しかもどちらも繁盛《はんじょう》店だから、気苦労もあるだろう。

奈々の質問に依子は穏やかに微笑む。

「オーベルジュは長年の夢だったの。それも海のそばっていうのがね。やっとそれが叶ったんですもの、頑張らないわけにはいかないでしょ？」

「そうだったんですね」

奈々は、何歳になっても夢を持ち続ける依子を眩しく思いながら見つめた。

「それより、『ＡＢＰ』を読んだわ。あの雑誌の取材を受けるなんてすごいわよね、奈々さん」

「ありがとうございます。顔写真も載ったので恥ずかしいのですが……」

見開きで四ページにも亘ったインタビューは、片側一面に大きく奈々の写真まで掲載されているのだ。

さすがに大きすぎたため、一度見せてもらった校正原稿で、せめて四分の一のサイズにしてほしいとお願いしたのだが、編集者のゴリ押しでそのままのサイズで出版されてしまった。

「何言ってるんですか、奈々さん。あの写真のおかげで男性のお客さんも増えているんですからね？」

「なんなら、水瀬がいないうちに俺が奪ってもいいんだけどね。一度はそんな話にもなったわけだし」

明美と宮内の両方から言われて、奈々は肩をすくめた。

「では、そろそろお席のほうへよろしいかしら？」

静々と歩く依子に案内されたのは、店の一番奥にある個室だった。白いクロスがかけられたテーブルに木目調の椅子、大きな窓の向こうには海が広がる。今日はよく晴れているから、水平線もくっきりだ。

明美が奈々の隣に座り、宮内はふたりの前に腰を下ろした。予約をしていたため、飲み物に続けて先付が運ばれてきた。運転手の宮内に合わせて、奈々も明美も冷たいお茶にしてもらった。

「まずは、奈々さんの『ＡＢＰ』掲載を祝して乾杯！」

宮内の声に明美も「乾杯」と続き、グラスを持ち上げる。

「ありがとうございます。宮内さんもお忙しいのにお時間を作ってくださり、ありがとうございました」

「いや、ほんと忙しいといったらないよ」

近々、衆議院の解散総選挙が行われる予定になっている。宮内が仕える小田隆弘も出馬するため、本来はこんなふうにして奈々のお祝いをしている場合ではないだろう。

解散よりも奈々たちとの食事が先約だったため、どうにかこうにか数時間だけ自由時間をもらってきたらしい。やはり律儀な性格だ。

「そういえば奈々さん、ミヤビが結婚するらしいですよ」

「そうなの？」

先付のごま豆腐を飲み込んでから、奈々が目を丸くする。

二年前に来日した時に撮影した映画のヒーロー役の俳優と恋に落ち、結婚に至ったと情報通の明美が言う。撮影終了時には恋に発展しなかったものの、試写会で再会した時に意気投合したらしい。そのヒーローこそ、真弓が憧れていたジャック・スペクターだ。

真弓が知ったら、さぞかし悲しむだろうと心配になる。

ちなみに余談だが、奈々の同期だった佐野は職場の後輩と一年前に結婚。もう間もなく第一子が生まれる予定だ。

「奈々さんが今すぐ結婚したいっていうなら、俺が相手になってやってもいいけど」

「何言ってるんですか。奈々さんには水瀬さんがいるんですから無理です」

冗談めかして言った宮内に、明美が大真面目に突っ込みを入れる。

「なら、明美ちゃんはどうだ？」

「私だって嫌ですよーだ」

「奈々さん、明美ちゃんの俺へのあたりの強さをなんとかしてくれない？」

ふたりのやり取りをクスクスしながら奈々が見守る。

楽しい時間はあっという間に過ぎ、海の幸をふんだんに使った懐石料理も食べ終えた。会計を済ませた宮内がトイレへ立つと、明美は「私も」とあとを追っていき、奈々は個室にひとりきりとなった。

ふたりがいなくなり部屋が静かになると、波の音がよく聞こえてきた。少し風が出てきたのか、窓から見える海には白波が立っている。

それをテーブル席からぼんやりと眺めて過ごしているうちに、ふたりがなかなか帰ってこないことに気づいた。

「ふたりともどうしたんだろう」

様子を見に行ってみようかと奈々が席を立った時、ドアから依子が顔を覗かせる。

「奈々さん、ふたりは海に行ったわよ」

「え？　海ですか？」

咄嗟に窓から浜辺に目をやるが、それらしきふたりの姿はここからは見えない。

「店の脇に海へ通じる階段があるから、そこから下りてみるといいわ」

依子に言われるまま店を出て、木製の階段を下りていく。八十段くらいはあっただろうか。

（それにしてもふたりとも、せめてひと言、声をかけてくれればいいのに）

奈々はそんなことを考えながら、広い砂浜を歩いて見渡す。駐車場に立った時よりも潮の香りが格段に強い。オリーブ色のフレアスカートを風に揺らしながら歩く奈々には、人ひとりの姿も見えない。ふたりは一体どこへ行ったのか。

不可思議に思いながら波の近くまで歩いていると、バッグの中のスマホから着信音が聞こえてきた。きっと明美に違いない。

ところが取り出したスマホの画面に表示された名前を見て、軽く鼓動が跳ねる。

「晶さんだ！」

独り言の声まで弾んだ。

「奈々です」

『おはよう。いや、そちらはこんにちは、か』

「そうですね、こんにちは」

晶のいるスイスとの時差は、この時期マイナス七時間。こちらが午後三時半だから午前八時半、これから出勤だろうか。

ほんの数日前に電話で話したばかりでも、やっと声が聞けた感覚がする。それほど愛《いと》しさは募っていた。

『今、何してる？』

「今日は葉山にオープンした依子さんのオーベルジュに来ているんです。宮内さんと明美ちゃんと一緒だったんですが、はぐれちゃって」

『はぐれた?』

電話の向こうで晶がクスッと笑う。

「そうなんです。店の前の海にいるっていうから来たのに、ふたりともいなくて」

(本当にどこへ行ったんだろう)

スマホを耳にあてながら回りをさっと見渡すが、やはりいない。

『そのうち会えるだろう』

「そうですよね」

ふたりが奈々を置いて帰るはずはないだろうから。すれ違っているのだとしたら、依子から奈々が海にいると聞くだろう。

『じゃ、それまで喋っていようか』

「はい、そうさせてください」

電話をかけてくれた晶に感謝だ。ひとりきりでふたりを待つより、ずっといい。

「あ、でも仕事へ行く時間じゃないですか?」

『今日は大丈夫』

自宅から直接クライアント先へ行くのかもしれない。時間に余裕があるのはますます嬉しい。

『依子さんの新しい店はどう？』

「とても素敵です」

いつか晶が帰国したら泊まってみたい。懐石料理の評判もさることながら、全室スイートタイプの客室もまた、数に限りがあるため競争率が激しいそうだ。

『それじゃ、今度泊まってみようか』

「ほんとですか⁉」

相変わらず晶は奈々の心を読むのが得意だ。まるでテレパシー。遠く離れた距離をものともしない。

『奈々の望むことは全部叶えたい』

それなら……。

「今すぐ晶さんに会いたい……」

思わず本音がこぼれる。

晶の顔を見て直接話したい。晶に見つめてもらいたい。晶に抱きしめてもらいたい。晶にキスしてほしい。

叶えてほしい願いはどんどん溢れてきた。

困らせたのか、晶が黙り込む。

「ごめんなさい、今のは冗談です。無理なのはわかっていますから」

奈々は慌てて訂正した。

スイスにいる晶に今すぐ会いたいなんてワガママもいいところだ。

『奈々、今から会いに行くよ』

「やだ、晶さんまで。冗談はやめ――キャッ！」

言いかけた奈々は突然手を引っ張られ、後ろへ振り向かされたかと思えば、強く引き寄せられた。

あまりにも一瞬の出来事のため、何が起きたのか知りようもない。誰の腕の中なのかわかったのは、その香りに包まれた時だった。

「え⁉　どうして⁉」

晶だったのだ。

「俺に今すぐ会いたかったんだろう？」

「そうですけど、どうして？」

目の前の光景が信じられず、まるで夢でも見ているようだ。まさか、宮内と明美を探しているうちに、奈々の願いを投影した夢の世界に入り込んだのか。それくらい奇跡的なことが奈々の身に起きていた。

「もう奈々のそばから離れない」

晶の腕の力が強まる。

その言葉もまた、奈々には信じられない。何も返せず、ただ晶の腕の中で口をパクパクと動かすばかり。

「長い間ひとりにして悪かった。これからはずっとそばにいるよ」

「……本当ですか？」

「本当だよ、奈々」

耳元で晶が優しく囁く。

「東京支社に戻ることになったんだ。この先はずっとこっち」

「ずっと？」

彼の胸の中で顔を上げると、晶は「そう、ずっとね」と奈々の額に唇を押し当てた。

これからは晶と離れる必要はない。不意に訪れた幸せが、奈々の胸の奥を震わせる。

「もしかして宮内さんと明美ちゃんって」

「ふたりは共犯者」

どこか楽しそうに晶が笑う。奈々にサプライズをしかけようと、晶は事前にふたりに協力を要請していたとのこと。宮内は毎日顔を合わせないからともかく、明美がよく奈々に黙っていられたものだと感心する。

「奈々、会いたかったよ」

切実な声が奈々の鼓膜を甘く刺激する。

「私も会いたかったです」

奈々がそう言った途端、唇が塞がれる。離れていた時間を端から埋《う》めていくように、ゆっくりとゆっくりと。優しいキスは奈々の心を薄いベールでふわっと包み込むようだった。


花いかだのオーベルジュ。その宿泊予約を取ったのは、晶の帰国が本決まりになってすぐだった。奈々には内緒に。そう依子や宮内たちにお願いし、晶はその日を静かに待ちわびた。

その部屋は、店内同様に白い壁が明るい印象を作り、スイートらしく洗練された調度品が並んでいる。ファブリックは海辺を意識してか、ブルー系統でコーディネートされていた。

「晶さんが、まさかここの予約を取っていたなんて」

「奈々の希望はすべて叶えるって言ったよね？」

奈々はさっきから部屋を見て回っては「素敵！」と声をあげている。晶はそんな彼女をしばらく優しく見守っていたが、そろそろ我慢の限界に達しようとしていた。

(早く奈々に触れたい)

そばを通りがかった奈々の手を取り、腰を強く引き寄せる。

「奈々、部屋はあとでゆっくり見ればいいから」

「晶さん？」

戸惑いに揺れる奈々の瞳は、晶に熱く見つめられ、すぐにその意図に気づく。そっと瞼を閉じた奈々に軽く唇を重ね合わせてから、晶がいったん離す。

「フードペアリングやマリアージュで言ったら、俺たちはコーヒーと和菓子に負けないくらいの相性のよさだと思わない？」

「……はい？」

晶が何を言いたいのかわからないのだろう。奈々が首を傾げて見つめる。

「奈々、結婚しよう」

奈々の吐息を感じる距離で晶は囁いた。それは日本を発つ二年三ヵ月前から晶が心に決めていたことだった。必ず最短で帰国を果たし、奈々を本当の意味で手に入れる。だからこそ、スイスでの仕事にがむしゃらになれた。おかげであちらでもネクサス・コンサルティングの名は業界内で有名になり、支社長としての職務をまっとうできたのだ。最短の二年には三ヵ月オーバーとなったが。

もう奈々から離れない。

「返事は？」

奈々は固まったまま微動だにしない。瞬きもせず、晶を呆然と見つめる。しばらくして、ゆっくりと唇が動いた。

「……本気ですか？」

「冗談で言うことじゃないよ」

奈々の瞳がみるみるうちに潤《うる》んでいく。そこからひと筋の涙が頬を伝った瞬間、奈々は「はい」と頷いた。

そのあまりの可愛いらしさにたまらなくなった晶は、奈々を抱き上げてベッドルームへ向かう。ベッドに奈々を下ろし、自分の身に着けているものを脱ぎ去った。奈々の服にも手をかけ、一枚ずつあらわにしていく。

昂る気持ちを抑え切れず、下着のホックを外すのももどかしい。早く奈々を身体で感じたい。晶はその欲望に飲み込まれそうだ。

唇を重ね、奈々の綺麗な肌に手を這わせる。

「悪いけど今夜は寝かせられそうにない」

触れられなかった八ヵ月分を埋めるには、それでも足りないくらいだ。

「……私も晶さんを朝まで感じていたいです」

潤んだ瞳で言われ、気持ちはますます昂る。

「奈々、愛してる」

どれほど伝えても、伝え切れている気がしない。たとえひと晩かけたとしても、たかが知れている。

際限なく増え続ける奈々への愛情は、一生をかけて注いでいこう。

晶がこれ以上なく甘く見つめると、奈々も同じように見つめ返す。

「晶さん、私も愛しています。晶さんだけを……」

これからは離れず、ずっとふたりで。

愛しい唇に晶は誓った。

結婚前夜

半年後の三月。光風堂は明日執《と》り行われる晶と奈々の結婚式の準備で、二日間の連休を取ることとなった。

というのも、引き出物に光風堂の和菓子をつけるため。日持ちのしないひと口和菓子ではなく、一週間の消費期限のある占いしるこが選ばれた。

「式前日なのに奈々さんにお手伝いさせて申し訳ありません」

清人は申し訳なさそうに頭を下げるが、前日ともなれば結婚式の準備は終わっている。あとは当日を待つばかりだから、奈々は光風堂で大好きな和菓子に触れていたほうがいい。

明日、清人はもちろん、道隆も明美も参列してくれる予定だ。その後のハネムーンの間は、頼もしいことに三人で店を切り盛りしてくれると申し出てくれた。奈々は気兼ねなく、晶と南の島へ旅立てる。それはもう、ありがたいとしか言いようがない。

「奈々さんのウエディングドレス姿、楽しみだなぁ。きっと綺麗だろうなぁ」

占いしるこを箱詰めしながら、明美がうっとりとした表情を浮かべる。

「明美ちゃんの期待を裏切らないといいんだけど」

奈々がクスッと笑うと、明美は「それは絶対ありません！　綺麗に決まっていますから！」と強く否定した。

「ところで、水瀬さんのご両親って、どんな方でした？」

「おおらかでとても素敵な方たちよ」

「そうですよね。水瀬さんを見ていれば、なんとなく想像はつきます」

晶は幼少期から海外生活が長く、両親は今もニューヨークで暮らしている。日本へ帰ってきたのは、つい一昨日。今はエステラに宿泊中である。

まだ二回しか会ったことはないが、『実の親と思って甘えてちょうだいね』と両親を亡くした奈々を大切にしようとしてくれている。今夜はこれから晶も含めた四人で食事の予定だ。

そうして箱詰めがなんとか終了した頃、晶が店へやってきた。明日から十日間、会社を不在にするためギリギリまで仕事をしていた。

晶の顔を見ただけで、奈々の表情は明るく弾む。

「お疲れさまでした」

「奈々もお疲れさま」

晶が奈々を軽く抱きしめると、明美は「キャー！　見ていられない！」と顔を手で覆った。

「コーヒーでも淹れますね」

晶をテーブル席に案内し、冷ましたコーヒーと占いしるこをいくつか持っていく。

「食べていいの？」

用意されたお椀とお湯を見て、晶は目を瞬かせた。

「はい。これからの私たちを占ってみませんか？」

晶の前に腰を下ろし、奈々が頬杖《づえ》を突く。晶は占いしるこを食べたことがない。なんでも、そういったものは信用ならないらしく、おみくじですら子供の頃に引いて以来やっていないと言う。

でも奈々は、光風堂の和菓子を晶には制覇してほしい。そこで、大事な日を控えた今日、晶に食べてもらおうと準備していた。

「気が乗らないな。もしも嫌な結果が出たらどうするんだ」

「晶さんなら、きっとくじ運もいいはずです」

そもそも占いしるこの結果には、悪いものは何ひとつ入っていない。

「晶さん、お願い」

奈々が手を合わせて頼み込むと、ようやく折れた晶はいくつかあるうちのひとつを手に取り開封した。

お湯を注ぐと、皮が破れて中身が溶け出してくる。あんこに混じって出てきたゼリーは……。

「ハートだ」

「それは恋愛運に恵まれるという結果です」

「恋愛運？　それならとっくに恵まれているぞ？　こうして奈々を手に入れられているんだから」

そう言いながらも、晶は妙に嬉しそうだ。鼻に皺を寄せてニコニコしている。

「でも、こういうのもなかなかいいものだね。何が出てくるのか待つ間、ワクワクする。人気商品なのも頷けるよ」

今まで絶対にやらないと言っていたのが嘘のよう。やはりハートが出てきたのも大きいのかもしれない。実は、こっそりハートばかりを集めて晶に選んでもらったのは内緒だ。

「奈々」

名前を呼ばれてその目を見てみれば、思いがけず甘い眼差しが待っていた。

「一生離さないよ。奈々を生涯愛し抜く」

不意を突いてかけられた愛の言葉に、奈々の胸が震える。

「私もです。晶さんだけを……」

胸がいっぱいになり、それ以上を言えなくなった奈々の唇に、身を乗り出した晶の唇が重なる。

輝かしいふたりの未来が、明日から始まる。それは揺るぎない愛のもとで、永遠に続いていくのだ。

唇が離れ晶と見つめ合う奈々の視界の隅に、三つの顔が映る。清人、道隆、明美の三人がレジカウンターから固唾を呑んで奈々たちを見ている。気まずそうにそちらへ顔を向けると、バッチリと目が合った。

三人がいることを奈々はすっかり忘れていた。

「あ、あのっ、お邪魔しましたー！」

明美が慌てた声をあげ、他のふたりを連れていそいそと奥へと引っ込む。

晶と奈々は微笑み合い、もう一度、甘い甘いキスをした。

番外編～これで俺のもの～

奈々と晶の結婚式が執り行われ、ふたりが新婚旅行に旅立って三日目。店を任されている明美は閉店直後、ショーケースに数個だけ残った和菓子を取り出していた。

今日も無事に終わってよかった。

ホッとしながらトレーに移していく。

明美が光風堂で働くようになったのは、父親を亡くした奈々が店を引き継いでから半年が経った頃だった。そのため、数日に亘って店に奈々がいないのは明美にとって初めてのこと。

新婚旅行は諦めようかと悩んでいた奈々に、『私に任せてください！　奈々さんは心おきなく旅行に行ってくださって大丈夫です！』なんて啖呵《たんか》を切ったものの、明美は正直言うと不安でいっぱいだ。

「このあとも何ごともなく営業できますように……」

心の声が思わず声に出た時だった。

店のドアが開く気配がして、そちらに目をやる。

（そういえば鍵を締め忘れていたっけ。お客様が入ってきちゃったかな？）

そう思ったのも束の間。やってきたのは国会議員の政策秘書、宮内蓮也だった。

店内の明かりが落とされていることを見れば一目瞭然だというのに、宮内は白々しく笑みを浮かべる。

「まだ営業中？」

「これが営業しているように見えますか？」

だとしたら、相当なトンチンカンだ。でも、宮内の場合は違う。わざとそうやってとぼけて明美をからかっているだけ。

明美は軽く頬を膨らませた。

「相変わらず俺にはつれないね」

笑顔を浮かべながらも、宮内がシュンと肩をすくめる。

明美が宮内に突っかかるのはいつものこと。何かにつけてからかわれるから、つい唇は尖るし、冷たい態度になってしまう。

露骨に態度に出しすぎかとは思うが、なぜか宮内を相手にすると、無意識にそうなるから不思議だ。きっと、宮内の人柄がそうさせるのだろう。なんとなく上から目線で、ノリが軽いのがよくない。

「今日は何が残ってる？」

そう言いながら宮内がショーケースを覗き込むが、すでに和菓子は取り出されたあとだった。

「あれ？　完売？　さすが看板娘の明美ちゃんだね。奈々さんがいなくても、しっかり店を切り盛りしてるってわけだ」

「そんなお世辞は結構です」

明美が毅然として返す。

（本当にいつも調子のいいことばっかりなんだから）

宮内の言っていることは、半分以上が冗談だと明美は常々思っていた。

「お世辞じゃないよ。本当のこと。店だって、彼女がいる時となんら変わらないじゃないか」

「それはまだ数日しか経っていないからです」

おだてても無駄。主人がいないまま一ヵ月でも経とうものならば、それこそ店はガタガタになるだろう。一度は傾きかけた光風堂を立て直した奈々の力は偉大だと、明美は尊敬の念でいっぱいなのだ。

「和菓子なら、ここに少しだけ残っていますよ」

話を逸らそうと、ショーケースの上に取り出したばかりのものをトレーごと乗せる。

「それじゃ、それを全部もらっていこうかな」

「今日もですか？　あんこは苦手じゃなかったですか？」

奈々が店を不在にしてから三日、宮内は連日この時間になると現れていた。そして、残った商品をすべて買っていく。

「これから事務所に戻るから手土産だよ」

ここへ来ると、必ずと言っていいほど和菓子を買い占めていた水瀬を思い出す。それは奈々がいたからにほかならないだろうけれど。

宮内が一体どういうつもりで水瀬のようなことをするのか、明美は不可解でならない。三日連続なんて、気でも触れてしまったか。それとも……。

「水瀬さんの真似ですか？」

思わずそう尋ねた。それ以外にはないだろう。

水瀬と張り合っているとしか思えない。そうする利点が明美にはわからないけれど。

明美の言葉に、宮内の顔が曇る。

「……明美ちゃん、俺、ずっと疑問に思ってることがあるんだけど」

宮内はショーケースを挟んで立ち、そこに両肘を突いた。どことなく不機嫌な目で明美を見つめる。

「なんですか?」

「明美ちゃんは、どうしていつも俺に冷たいわけ?」

「そうでしょうか?」

自覚は存分にあるが、明美はとぼけた。

「そうでしょうかじゃないよ。もうちょっと優しくしてくれてもいいんじゃない? こうして三日連続で通ってるんだから。俺の気持ちも察してよ」

「宮内さんの気持ち?」

彼が何を言いたいのかわからず、明美が小首を傾げる。気持ちがどうだというのか。何を察しろと言うのか。ちんぷんかんぷんだ。

「明美ちゃんに会いに来てるってわからない?」

宮内が急に真顔になる。

(……私に会いに? どうして? なんのため? ……あ、わかった)

「私をからかって、仕事のストレスを発散するのはやめてください」

国会議員の政策秘書という仕事は、心身ともに疲弊するものだろうと想像ができる。いくら飄々《ひょうひょう》とした宮内でも、相当な負担なのだろう。

（でも、それを私で解消しようとしないでほしいのに！）

「はぁ？」

宮内が盛大に呆《あき》れた声を漏らす。しかも首を九十度近くも捻っている。

その反応だと違うようだ。それならば、なんだろうか。

「明美ちゃんの顔を見たくて来てるんだよ。明美ちゃんと話をしたくて、こうして通ってるんじゃないか」

「な、何を調子のいいことを」

（一体なんの策略なの？　私を変にからかうのはやめてほしい）

「本気で言ってるんだよ」

宮内の涼やかな、いや、どちらかといえばいつも冷ややかな眼差しが、どこか熱を帯びていることに気づき、明美の鼓動がゆっくり、かつ着実にスピードを上げていく。

（本気？　本気で私に会いたくて来てるの？　……ううん、違う違う）

明美は戯言《ざれごと》を追い出そうと首を横に振った。

「だ、だって、宮内さんは奈々さんのことが好きなくせに」

そう。まさしくそうだ。この店の和菓子を大量に注文するようになったのも、そのため。水瀬の存在がなければ、奈々に一直線だっただろう。

（私に会いたいなんてのは虚言。そうじゃなかったら、奈々さんに振り向いてもらえなかったショックによる妄想。そうに決まっているんだから）

「俺が奈々さんを？」

「そうですよ」

顎を引き、明美がコクコクと頷く。

「いやいやいや。水瀬が本気になる女に興味があっただけで、そこに恋心は存在していない。というか、むしろそう見せかけて明美ちゃんの気を引こうとしてたとは思わない？」

今度はその首を一心に横に振った。

（宮内さんが私の気を引こうとして？　まさか、そんなこと。奈々さんのほうがうんと綺麗だし、私なんて童顔で、洗練されてもいないし）

宮内の言葉が信じられず、明美は驚きに目を丸くするばかり。そんな明美を見て、宮内は愛おしそうに目を細めた。

「そろそろ俺も我慢の限界。だから、今夜は明美ちゃんの気持ちをもらってく」

「な、な、何を言ってるんですか。ふざけるのはやめてください……！」

（気持ちをもらうって何。我慢の限界って、どういう意味？）

唇を震わせながら、明美が半歩ずつ下がっていく。

「ふざけてないよ。本気で言ってる」

まっすぐな視線に射抜かれ、明美はそこで身動きが取れなくなった。気づけば、心臓は経験もしたことのないほどに早鐘を打っている。

固まった状態で突っ立つ明美のもとに、宮内が靴音を鳴らしてゆっくりと近づく。

そして、明美の真ん前まで来ると、小柄な明美に向かって腰をかがめた。

「俺の恋人になってくれるよね？」

間近に迫ってきた、ふたつの真剣な瞳が明美に訴えかける。

（……それって、どういうこと？　宮内さん、私のことを本気で好きなの？　嘘でしょ。きっとからかっているだけよね）

そう結論づけてみるが、頷くことも拒絶することもできず、明美はただ黙ってわなないていた。

そんな明美を見て、宮内がふっと息を漏らす。

「それじゃこうしよう」

そう言いながら明美から少し離れ、ショーケースの上に陳列されている占いしるこを手に取った。

「あっ、それは明日販売するものですからダメですよっ」

光風堂きっての人気商品。数が減っては困るのだ。

慌てて明美が制止するが、宮内はそれを戻そうともしない。

「代金はちゃんと支払うよ」

そういう問題じゃないんだけどと、明美が戸惑っていると。

「この中からハートが出てきたら、明美ちゃんは俺と付き合うことにしよう」

「えっ……？」

突然された賭けごとの提案に、明美の目が点になる。

（ハートのゼリーは恋愛運。それが出たら付き合う……？）

「明美ちゃん、何か器を貸して。それからお湯もよろしく」

「何を言ってるんですか、宮内さん」

「いいから用意してくれる？」

真面目顔でてきぱきと指示をされ、明美もそれ以上、かわすことはできなかった。

「はい……」と掠れた声で頷き、明美の足が操られたように動きだす。

素直に厨房でお湯を沸かして、お椀と一緒にフロアに運んでいくと、宮内はテーブル席に腰を下ろしていた。

明美に差し出されたお椀に、宮内は嬉々として占いしるこをあけ、お湯を注いでいく。明美は立ったまま、どこか緊張した面持ちでその様子を眺めた。

皮が破れ、中身が少しずつ出てくる。

（何が出てくるだろう……）

固唾を飲んで明美が見つめる。なぜか両手をギュッと握っていた。

（ハートが出たら、本当に付き合うの？　私が宮内さんと？）

突然降って湧いた予想もしない展開が、明美を緊張で包み込む。こんなにも胸がドキドキとするのは初めてかもしれない。

宮内と息をひそめておしるこに見入っていると、あんこに紛れてブルーのゼリーが顔を出した。

星型だ。ハートでは、ない。

「……残念」

宮内は肩を落としてため息を漏らしてから、お椀を手にして一気におしるこを口に流し込んだ。不意打ちの出来事に明美は目を剥いた。

「ちょっ、宮内さん!?」

あんこは嫌いだと公言している彼の突然の行動に驚き、明美はつい宮内の肩に手を伸ばす。

ところが宮内は、明美の制止もかまわずお椀を空にした。

「……大丈夫ですか？」

顔をしかめながら飲み込んだ宮内を心配するが、本人は〝大丈夫だ〟とばかりに深く頷く。しかし、全くもって平気には見えない。

急いで淹れてきたお茶を明美が差し出すと、宮内は「ありがとう」と言って喉《のど》を潤《うるお》した。さらに宮内は、別の占いしるこを開封してお湯を注ぐ。

「えっ、まだやる気ですか？」

「当然」

宮内は平然と言い、お椀の中身をじっと見つめる。

明美も一緒になって覗き込むと、今度出てきたのは桜の花だった。

「……これも違うか」

小さく息を吐き、そのおしるこもまた一気に口へと流し込む。

「宮内さん、もうそのへんでやめたほうがいいですから！」

苦い薬でも飲んでいるかのように険しい表情をする宮内を止めるものの、彼は全く意に介さない。次の封を切って、お椀にあけた。

「宮内さん、正気に戻ってくださいっ」

思わず宮内の腕をつかんで阻止しようと試みる。ところが宮内は、明美の手を「俺は正気だよ」と言って優しくトントンし、口角を上げてみせた。

いくら止めても無駄。ハートが出るまでやるつもりのようだ。

（いつも冗談を飛ばして、皮肉っぽいことばかり言っていたのに。そんな真顔なんて見せたこともなかったのに。嫌いなあんこを食べてまで、私のことが好きなの……？）

見たことのない真剣な態度の宮内に、明美の心が大きく揺さぶられる。ドキドキと高鳴る胸は、どうにもごまかしようがなかった。

そうして五杯目のおしるこを作った時だった。最中の皮の陰から、ピンク色のゼリーがついに顔を覗かせる。

「出た！」

そう声をあげたのは、明美のほうだった。

つい満面の笑みで手を叩くと、宮内がニヒルな笑みを浮かべる。しまったと思ってもあとの祭り。

「あ、今のは、蚊！　蚊がいたからパン！って叩いただけですから」

喜んで手を叩いたわけじゃないと言い訳がましく明美が言うが、宮内はその笑顔を崩さない。

「へぇ、蚊ね。そんな時期でもないけどね」

「そ、そんなことないですよっ。いまどきは蚊も年中活動が可能ですから」

何を言っているんだろうかと明美も思うが、素直に認めるわけにはいかない。三月だろうが、蚊がいたのだ。そうなのだ。

「嬉しい時は、嬉しいと言ったほうが可愛いよ？」

「別に宮内さんに可愛いって思ってもらわなくてもいいですし！」

「まぁ、そんな意地っ張りなところも可愛いけどね。これも惚れた弱みだな」

「ほ、惚れたって……！」

直接的な言葉を言われて、明美の頬が赤く染まっていく。

「そう。惚れた。明美ちゃんのことが好きだ。こうしてハートも出たことだし、今日からキミは俺の恋人」

「で、でも！　何度もやるなんて卑怯《ひきょう》ですよ！」

「俺は一回だけとは言ってないよ」

宮内のセリフに、明美はぐっと言葉を詰まらせる。確かに宮内は、回数には触れていない。

「それだけ俺が本気だってことをそろそろわかってくれないかな」

いつになく優しい声色で囁かれ、明美のやわな闘争心がふにゃふにゃと挫《くじ》けていく。

そもそも、そんなものはなかったのかもしれないと、今思い至る。照れ隠しに騒いでいるようなものだから。

ハートが出たことを喜んだ自分は、現実にここにいる。

（もしかしたら私、前から宮内さんのことを好きだったの？　好きの裏返しで、冷たい態度を取っていたの？）

心の片隅に隠れていた小さな小さな想いのカケラを明美は見つけてしまった。

「……私は、宮内さんがこれ以上苦手なあんこを食べなくてよかったなって思って」

「はいはい、わかったわかった」

立ち上がった宮内が明美の肩に手を乗せる。

「だからハートが出て嬉しかったんです」

ここまで来ても、明美の唇はまだ強がる。しかし、声は勢いをなくしてか細くなっていた。

「うん、ありがとうな。俺ももう限界だよ。もう一杯いけと言われたら、正直つらくてギブアップするところだった」

ホテル・エステラのスイートルーム。

晶はくったりと力の抜けた奈々を抱き上げたままドアを器用に開け、彼女を大きなベッドへ横たえた。

「奈々、大丈夫か?」

晶の問いかけに「んっ……」という声だけを漏らす奈々。その吐息からワインがふわっと香った。

今日は晶と奈々の結婚式がエステラで執り行われた。ネクサス・コンサルティングの支社長ともなると、招待客は世界各国から集まる盛大なもの。それは客室が招待客でほとんど埋まってしまうという、エステラ始まって以来の規模だった。

披露宴は滞りなく、順調に終わった。人生最良の日を最高のかたちで締めくくるはずはずだったのだが……。

問題は、同じホテル内で行われた二次会。晶がほんのわずかな時間、奈々のそばを離れた隙に起こった。

すかさず近づいた宮内が、奈々に強引にワインを飲ませたのだ。明美によると、『人生で最良の日なんだ。こんな日くらいワインで祝わなくてどうする？　これからのふたりの未来と、光風堂の発展も願ってさ』と言ったとか。調子よく話しかけていたらしい。

どちらかといえばアルコールに弱い奈々だが、ここ数年、光風堂を懇意にしてくれている宮内の言葉には、拒絶できなかったのだろう。素直にグラスを受け取り、口を湿らせる程度に傾けた。ところが宮内はそれでは納得せず、『もう少し付き合ってよ』と煽り、合計で三杯のワインを飲ませてしまったらしい。

異変に気づいた晶が戻った時、奈々はすでに酔い、とろんとした目を向けてよこした。晶にしなだれかかり、その声は掠れていた。

宮内を横目に睨んでみれば、浮かべるのはニヤリという笑み。全く油断ならない男である。

もともと晶は、宮内を式へ呼ぶことに反対していた。大学時代は犬猿の仲。再会してからも、どちらかといえば親密とは言えなかったはず。ところが、『宮内さんがいなければ、私たちは今こうしていられなかったかもしれないです』と奈々に切実な顔をして言われれば、晶としても呼ばないわけにはいかない。仕方なく招待することにされる。

奈々に水を飲ませようと、晶が冷蔵庫へ向かったところで、部屋のチャイムが鳴らなったわけだが……。

(こんな時間にこんなところまで、一体誰だ)

不審に思いながら晶がドアを開けると、そこにはいたずらな笑みを浮かべた宮内が立っていた。少し離れたところには心配そうに見守る明美もいる。

「……なんの用だ」

「そんなつれないことを言わなくてもいいだろう? なんてったって、俺はふたりのキューピッドなわけだしね」

悪びれもせず不敵に笑う宮内を前にして、晶の心がざわつく。大人げないが、何かひと言返してやりたい気持ちが晶の中でむくっと顔を覗かせた。

「だとすれば、とんだ落ちこぼれキューピッドだな」

自慢げに胸を張る宮内に皮肉る。

晶が不機嫌になるのも当然だろう。大事なふたりの夜に奈々を酔わせた罪は重い。いい加減、キューピッドを自負するのもやめてもらおうか。

「で、奈々さんの具合は?」

部屋の中を覗き込むようにして宮内が首を伸ばす。奈々を飲ませすぎた自覚は宮内にもあるのだろう。一応は心配しているようだ。

「おかげ様でよく眠ってる」

　これもまた、あてつけのつもりだ。

「そうか。いや、悪かったな。俺もふたりの結婚が嬉しくてさ。つい調子に乗って飲ませちゃったからな」

　頭をかきかき、申し訳なさそうな顔をする。普段、上から目線の宮内にしては珍しく殊勝な態度だ。嬉しくて調子に乗ったというのも、嘘ではないのかもしれない。

「宮内さんっ、行きましょうよ！　お邪魔ですってば！」

　後ろで明美が周りに気遣いながら小声で宮内を呼ぶ。大きな手振りまでつけていた。

「わかってるって。ちょっと待って」

　宮内は明美のほうを向き、左手をひらりと上げて制止する。ところが明美は、それ以上は待てないといったように片方の眉を吊り上げた。

「もー、宮内さん、しつこいですよっ。奈々さんを酔わせただけじゃ足りないんですか？　新婚さんはこれから大事な夜なんですからっ。邪魔しちゃダメです！」

　業《ごう》を煮やした明美がツカツカとやってきて、宮内の腕をむんずとつかみ、強引に晶ずるずると引きずられるようにして部屋から遠ざかっていく。

「お、おいっ、明美ちゃん、離してくれよ！」

「ダメです。しつこい男は嫌われますよ」

言い合いが広い通路に響く中、宮内はかろうじて振り返った。

「いいか、水瀬、悪気はなかったんだからな？　それだけは覚えておけよ！」

静かなホテルの高層階に不釣合いなほど大きな声で宮内が叫ぶ。

悪気はなかった。確かにそうなのだろう。宮内なりに晶たちの結婚を祝福するあまり、つい調子に乗って奈々を飲ませすぎた。そういうことなのだろう。

日本を離れていた間、宮内が何かにつけて奈々を手助けしてくれていたことは晶も知っている。そこに下心があるのではないかと疑うことも正直あったが、それは遠く離れているがゆえ。純粋に晶たちの仲を心配してくれていることは、わかっていたつもりだ。

それなのに晶は、宮内に対してつい冷たい態度を取ってしまう。

大学の時からそうだった。やたらと突っかかってくる宮内をライバル視していたのは晶も同じ。余裕のある素振りであしらっていたが、実は必死だった。まるで子供だと、晶は今さらながら思う。

宮内は不器用なキューピッド。つまり、そういうことだ。

「宮内、ありがとな」

右手をひらりと上げ、晶が不意に微笑む。

晶から唐突に感謝の言葉をかけられた宮内の目は点。そして、みるみるうちに顔をくしゃっとさせた。

「お、おう！　結婚おめでとう！　絶対幸せになれよ！」

最後にらしからぬひと言をつけ、明美に「しー！ですってば」と言われながら、宮内はいよいよエレベーターのほうへと消えていった。

相変わらず嵐のような男だな。

晶はなんだか無性におかしくなり、クスッと鼻を鳴らした。


気を取り直してベッドルームに戻った晶は、奈々を抱えて上体を少し起こした。

「奈々、水飲んで」

ペットボトルを口に近づけると、奈々は重そうな瞼を薄く開いた。その瞳が頼りなくゆらゆらと揺れる。いつもと違い、気だるそうな仕草が妙に色っぽい。

「……あ、きら……さん……」

「大丈夫か？　気分は？」

そう聞くなり、奈々が晶の首に両腕を回す。

「おっと……！」

晶は、キャップを外して中身がこぼれそうになったペットボトルを慌ててベッドサイドに置いた。そんなことにもかまわず、奈々は晶から離れようとしない。

「晶さん、好き……」

「え？」

「……大好きなの」

囁く奈々の甘ったるい声が、晶の耳孔《じこう》をくすぐる。

そっと引き離してみれば、そこには艶っぽい目をした奈々がまるで誘うように晶を見つめていた。

いつもの奈々はどちらかといえば受け身。恥じらうように晶に身を委ねるのがスタンダード。その奈々が、自分から唇を重ねてきた。

頭の中に閃光《せんこう》が走り、晶は一瞬理性を失いかける。

だが、酔って意識の混濁している状態の奈々を欲望に任せて抱くわけにはいかない。

晶は優しく触れるだけのキスで奈々を宥め、そっとベッドに横たえた。

「奈々、少し眠るといい」

晶の言葉に応えるかのように、奈々は身体からそっと力を抜いた。

(このままでは寝苦しいだろう)

晶は奈々の背中に手を滑らせ、二次会のために着たジョーゼットシフォンのワンピースを脱がせていく。ふわふわとした素材のシフォンが奈々の肌をくすぐるのだろうか。それとも無意識に晶の手の温もりを感じているのだろうか。奈々は時折、鼻にかかった「ん……」という声を漏らしたが、目を覚ます気配はなかった。

下着姿にした奈々に毛布をかけ、その額に軽く口づけながら、晶は奈々と出会った頃のことを思い返していた。


和菓子が大好き。光風堂を守りたい。全身でそう言う奈々の健気な姿に心惹かれたのは、いつからだったか。今思えば、控えめながら芯の強さを秘めた奈々に出会った瞬間から、これまでとは違う何かを感じていたような気もする。

あれはまだ、晶が奈々の経営相談に乗り始めたばかりの時のこと。

奈々のスマホに入った佐野からの着信が、晶の気持ちを動かすきっかけとなったことは今でもよく覚えている。機が熟すまで待とうと決めていたはずが、その電話がきっかけでブレーキが利かなくなった。

もしも、佐野が晶より先に奈々に想いを伝えたら。奈々の心がそれで動かされたりしたら。

一瞬のうちにそんな考えが頭の中をよぎり、気づいた時には彼女を抱きしめていた。わざと聞こえるように奈々の名前を呼んだのは、電話口の佐野を牽制《けんせい》するため。

〝奈々は俺のもの。誰にも渡さない〟

晶はそう誇示したかった。

つくづく余裕のない男だと自分でも思う。奈々の気持ちがゆっくり自分に向けばいいと思っておきながら。

恋愛は初めてではない。だが、誰かをここまで慎重に、確実に手に入れたいと思ったのは初めてだった。

そんなことを思い返しているうちに、晶の胸に奈々への愛しさが込み上げてくる。

「奈々、愛してるよ」

眠る頬にキスをひとつ落とすと、奈々が微かに微笑んだように見えた。

一生をかけて愛し抜く。奈々を取り巻くすべてのことから守り抜く。

改めて強く誓う晶だった。

（痛っ）

鈍い痛みをこめかみに感じた奈々は、片方ずつゆっくりと目を開いていく。ぼんやりと霞《かす》んだ瞳が捉えたのは、目の前で寝息をたてる晶の顔だった。

ハッとして見開いた先には、見覚えのない部屋の風景。壁に飾られた色とりどりの抽象画、そしてゴージャスな調度品がしつらえられたこの広い部屋は、エレガントで温かな雰囲気に満ち溢れている。

（そうだ。結婚式。私、晶さんと結婚式を挙げたんだ。……でも待って。二次会のあたりから記憶が……。宮内さんにワインを勧められて、それから……あれ？）

奈々は、ある時点から記憶が飛んでいた。ワインを飲んだ以降、自分がどうしたのかを全く覚えていない。

（この部屋にはどうやって、いつ来たんだろう？）

普段からアルコールはあまり飲まないほうだった。それほど強くないため、ビールをグラスで一杯飲んだ程度でも気分が高揚してしまうのだ。

でも昨日は特別な日。宮内に勧められるまま、ついワインを口にした。最初のひと口で、身体の芯に火が点いたように熱くなった。いきなり血流がよくなったせいか、テンションが上がる。おかげで勢いに任せてグラスを空に。

そのあと自分がどうしたのか記憶がない。

そこでふと、素肌にシーツの感触がさらりと伝わり、奈々は自分が下着姿であることに気がついた。

(……え？　下着？　私、昨夜、晶さんと〝した〟の？)

どちらともとれる状況を前に奈々が混乱する。でも、晶と身体を重ねた記憶はない。その行為自体に全く問題はない。それを覚えていないことが問題なのだ。

(嘘……どうしよう。と、と、とにかくシャワー。シャワーを浴びて気持ちを落ち着かせなきゃ)

奈々はベッドをそろりと抜け出し、バスルームへ逃げ込んだ。

コックを捻り、熱いシャワーを全身に浴びる。

(でも、本当に覚えていないんだけど……)

奈々がここまで動揺するのは、ふたりにとって昨夜が新婚初夜だったから。

これまでに晶とは何度も身体を重ねてきた。でも、昨日はその中でも特別な夜。その時のことを覚えていないなんて、あまりにも情けないし悲しすぎる。

ひどく落ち込みながら奈々が身体を洗い流していると、不意にバスルームのドアが開かれた。

「キャッ」

思わず奈々が小さな声をあげる。

「ごめん、驚かせた？　体調はどう？　気分が悪いとかはない？」

「はい、大丈夫です」

心配そうに顔を覗き込む晶を前に、奈々は身体を隠そうと両手で覆った。さすがに明るい場所で見られるのは恥ずかしい。

おまけに晶まで何も身に着けていない。均整のとれた逞しい肉体を前にして、目のやり場に困って奈々はうつむいた。

「隠さなくてもいいよ」

晶は優しくそう言うが、無理なものは無理。奈々は首を必死に横に振った。

「昨夜の奈々を思い出してみてよ」

「……えっ？」

（私、昨夜何かしたのかな……）

奈々が不安に駆られていると、シャワーの中、晶は奈々をそっと引き寄せた。

「あんな奈々、初めて見た」

「……あんなって？」

「積極的で大胆な奈々」

「な、な、な……」

言葉にすらならない。積極的とは何か。大胆とは何か。一体何をしたのだろう。記憶にとどめていなくてよかったと言うべきか否か。

「もしかして覚えていないとか？」

そんなはずはないだろうというニュアンスを込めて晶が意味深に囁く。いたずらに耳元に息をかけられ、奈々は身体がビクンと震えた。

「あ、あの、そうなんです。実は覚えていないんです……。私たち昨夜、その……〝した〟んですか？」

「……本気で言ってる？」

晶は奈々を引き離し、目を覗き込んだ。

本当に？と晶の瞳が揺れていた。

（やっぱり私たち、身体を重ねていたんだ……。やだ、どうしよう。本当に覚えてない……！）

「ごめんなさいっ」

一生に一度しかない大切な夜だというのに。その時間の一片ですら覚えていないとは。もしも奈々が晶の立場だったら、きっと悲しいはず。

晶の顔に影が差したように見えた。そんな顔は見たくはない。

「……晶さん、教えてください」

「何を？」

「私たちが昨夜、どうしたのか」

せめて晶の口から話を聞いて、それを記憶に変えよう。そうするしかない。

奈々は懇願するように晶を見上げた。

「……わかった」

晶はそう言うなり、コックを捻りシャワーを止める。バスローブを羽織ったかと思えば、奈々にも着させた。

「実演しよう」

「……実演？」

（それってつまり……）

戸惑う奈々を晶はその場で抱き上げた。

「晶さん、あのっ、話して聞かせてもらえれば……！」

奈々はそんなつもりで言ったわけではなかった。あくまでも晶の口から話を聞ければ……と思ったのだ。ところが。

「それはあんまりじゃない？」

晶にそう言われ、ぐうの音も出なくなる。

（……そうだよね。確かにあんまりだよね）

いたずらに目を細められれば、奈々もそれ以上抵抗できなくなる。何しろこの件に関しては、奈々の分《ぶ》が悪い。新婚初夜を覚えていないのは大罪だ。

晶にベッドの上に優しく下ろされた時、奈々は観念していた。――というよりは、むしろ胸の高鳴りを感じていた。

ベッドに向かい合って座り、晶を見つめる。

「あの……どうしたらいいですか？」

「俺の首に抱きついて〝晶さん、好き〟ってキスをせがんで」

「えっ……」

奈々が絶句する。自分からキスをねだるなんてしたことはない。

あまりの恥ずかしさに顔から火が出そうになる。

「ほら、やってごらん」

まるで試すかのように晶が言う。

聞かせてほしいと言ったのは自分。晶がこうして再現しようとしてくれているのだから……。

奈々はゆっくりと手を伸ばし、晶の首に腕を絡めた。

「……晶さん、好き」

「〝大好き〟って」

「……大好き」

晶の唇に自分の唇をそっと押しあてる。その瞬間、晶の目に熱が込められるのがわかった。晶に押し倒され、あっという間に視界が反転する。

そうされて初めて、奈々は昨夜の甘い時間の一片をぼんやりと思い出した。晶とキスしたことが薄っすらと記憶の中に蘇る。

(そうだった。確かにこうして晶さんと……)

晶は奈々の顔の両脇に腕を突き、蕩けてしまいそうなほどにしっとりとした瞳で見つめた。

それだけで奈々の鼓動はどんどん速まる。早く晶に触れたくて、自分からその唇を引き寄せた。

ところが、すんでのところで晶が囁く。

「昨夜はここまで」

「……え？」

（ここまでって？　どういうこと？）

「ごめん。覚えてないって言うから、奈々をいじめたくなった」

晶がクスッと笑う。

「それじゃ……」

「昨夜は奈々を抱いてない」

「え？　そうなん……ですか？」

「ああ。酔い潰れた奈々を抱くわけにはいかないからね」

（……よかった）

奈々は思わず胸を撫で下ろした。大切な夜を覚えていなかったわけじゃない。実態がなかったのだ。

でもそれなら、ふたりの新婚初夜は、まだ終わっていない。

「晶さん……」

名前を呼んだだけで、奈々が何を言いたいのか晶は気づいてしまったらしい。

「わかってるよ。ふたりの時間は、まだこれからだ」

そう言って微笑んだ晶は、奈々の唇をそっと塞いだ。


「晶さん、これ見て！　海がすごく綺麗！」

何冊ものガイドブックを開いた奈々が、嬉しそうに晶に報告する。

ふたりは新婚旅行で今まさにフィジーに向かう飛行機の中。九時間のフライトの約半分を過ぎたところだが、奈々の気持ちは早くもコバルトブルーの海が広がるフィジーに飛んでいる。

晶が手配したプライベートジェットは、メインラウンジ、寝室、バスルーム、ゲストキャビンなどに分かれ、まるで高級マンションかゴージャスなホテルのよう。奈々たちが今いるメインラウンジはストーンフローリングが光輝き、木目調とホワイトレザーで統一された内装が美しい。ここが飛行機の中だということを忘れてしまいそうなほど立派だ。

「フィジーに着いたら、シュノーケリングはやりたいな。それから泥温泉にも入ってみたい。あと、キャスタウェイ島の日帰り観光もいいな。それからナンディでショッピングをして……」

ゆったりとしたソファに座る奈々は開いたガイドブックを見ながら、ウキウキとあれこれ上げ連ねていく。

奈々にとっては初めての海外旅行。晶とふたりきりで長く過ごせる貴重な時間を大切に、有効に使いたい。

隣から注がれる晶の優しい眼差しを感じながら、奈々は楽しそうにガイドブックを眺めていた。

「晶さんは、フィジーで何かしたいことはありますか？」

「俺？　そうだな、奈々とずっとこうしていたい」

隣に座る晶が奈々の腰を引き寄せる。それまでも触れ合う距離にいたふたりは、さらに身体が密着した。

晶が言うと、本当に〝ずっとこうしているだけ〟になりそうな予感がして、奈々はふと心配になる。

「せっかくフィジーに行くんですから、それはナシです」

軽く晶の身体を押し返し、笑いながら奈々がダメ出しをする。綺麗な海で熱帯魚と泳いだり、いろんなアクティビティを体験したいのだ。

ところが、すぐに晶から反撃を食らってしまった。

「新婚初夜をすっぽかしたのに？」

晶の目がいたずらに細められ、奈々がドキッとする。

「そ、それは……」

真実だけに、奈々はそれを言われるととても弱い。

今朝、ホテルのスイートで甘い時間を過ごしていたふたりは、飛行機の時間が迫っていることに気づき、空港まで大慌てでハイヤーを飛ばした。車の到着が離陸予定時刻まであと三分のところだったのは、奈々が昨夜酔ってしまい新婚初夜を遅れて迎えたためだ。

返答に困っている奈々に、晶の柔らかな唇が落とされる。まるで羽毛でくすぐられるような優しいキスだった。

「ごめん、冗談だよ。愛しい奈々のやりたいことは全部叶えよう」

吐息を感じる距離で晶が囁く。甘い言葉に奈々はどぎまぎした。

「……本当に？」

「本当に」

奈々が聞き返した言葉を晶も繰り返す。

「夫が最愛の妻の望みを叶えるのは当然のことだからね」

海外生活が長いせいか、もともと愛情表現が過多なところがある晶だが、このところは以前にも増して、恥ずかしげもなくストレートに愛をぶつけてくるようになった。

（〝最愛の妻〟だなんて……）

その言葉に、奈々ひとりが頬を熱くする。

「シュノーケリングに泥温泉、それからなんだっけ?」

「あ、えっと……キャスタウェイ観光とショッピングです」

「それだけでいいの?」

ほかには何があっただろうと、奈々が手元のガイドブックを取ろうとすると、その手は晶にそっとつかまれた。ソフトに指を絡ませられる。

「そうじゃなくて、ほかにない?」

問いかけられて奈々は首を傾げた。

（そうじゃなくて?　ほかに?　なんだろう……?）

晶の瞳が何かを期待するかのように、奈々にまっすぐ注がれる。どこか熱っぽさを秘めた目を見て、晶の言わんとしていることがわかり、奈々の鼓動はトクンと揺れた。

「晶さんと……」

素直に言いだしたものの、そこで語尾を濁らせる。それ以上を口にするのは、奈々にとって最高難度だ。

ところが晶は、さらに奈々の目を覗き込んできた。

「俺と、何？」

試すような口ぶりと眼差しだった。

「……もう、意地悪はしないでください」

わかっているくせにと、奈々が軽く唇を尖らせる。

「俺とご飯を食べて、手を繋いで散歩して、だよね？」

そうくるとは思わなかった。予想外のことを言われ、奈々は思わずムキになって「違います」と言い返してしまった。

「晶さんとたくさんキスして、それから」

そこまで言って、奈々はハッとしたように言葉を止める。

「……それから？」

奈々の言いたいことがわかっているような顔だ。

そんな顔をして、なおも聞き返してくる晶の胸を奈々はトンと叩いた。

「言わせないでください」

自分の顔が真っ赤になっていることがわかり、奈々は恥ずかしくて晶から目を逸らした。

「ごめん、意地悪しすぎた。奈々の反応があんまり可愛いからいけないんだ」

そう言いながら、晶が奈々の頭を引き寄せる。奈々の髪に晶の手が優しく絡ませられ、唇が重なった。

断続的に触れるだけのキスに、奈々は次第に酔わされていく。メインラウンジには、ほかに邪魔する者は誰もいない。ふたりだけの世界にあっさりと引きずり込まれてしまった。

長いキスのあと、ゆっくりと離れた晶にしっとりとした甘い瞳で見つめられ、奈々の胸が高鳴る。

自分は本当にこの人のことが好きなんだと思わずにはいられない。愛しくて、愛しくてたまらない。胸を焦がすという感情を知ったのも、晶が初めてだった。

肩を引き寄せられ、晶にふわっと抱きしめられる。晶の香りに包まれるだけで早鐘を打ち始める奈々の鼓動は、まるで別の生き物のよう。

「奈々、愛してるよ」

何度聞いても、晶のこの言葉は奈々の胸を優しくくすぐる。

「ずっと俺のそばにいて」

頷きながら、奈々も晶を見つめ返す。

「ずっとそばにいさせてください」

これからの人生、晶の隣で永遠に。

「私も晶さんを愛してます」

何度言っても照れ臭いこの言葉は、奈々の心を幸せで満たした。

END

あとがき

こんにちは。紅カオルです。このたびは、書籍七作目となる本作をお手に取っていただき、誠にありがとうございます。

当初、この話の舞台は花屋の予定でした。街の片隅にひっそりとある小さな花屋。そこにコンサルタントであるヒーローが現れ、ヒロインと恋に落ちていく。

そんな流れでプロットを作ったのですが、当時担当してくださっていた編集部の中尾さんが花屋を舞台にした話を続けざまに二作担当されたと知り、それじゃ新鮮味がないかと、急きょ老舗和菓子店に変更したのです。

大急ぎで和菓子関連の書籍や資料を集めて話に盛り込むわけですが、途中何度も脱線し、「美味しそう！」とネット通販で和菓子を買い漁ったり、車で和菓子を買いに走ったり……。私の身体にはちょっと毒のある執筆作業となりました。おかげさまで、完結する頃に体重増という副産物をゲット。ただいま緩やかに回復中です。

今回は書籍化にあたり、なんとヒーローが大出世。サイト版でマネージャーだった肩書きは一気に支社長へとステップアップ。ゆくゆくはＣＥＯという御曹司です。やはりベリーズ文庫は夢を売る小説ですから、そこは重要なのですね。

ひたすら紳士的で一途なヒーロー・晶は、私にとって癒しのような存在でした。書いているだけで優しい気持ちになり、心穏やかに執筆することができたのは初めてかもしれません。今後も、俺様やクールなヒーローの合間に、またそんなヒーローを書いてみたいと思ってます。

いつも申し上げていることですが、書籍として本作を無事に世に送り出せたのは、たくさんの方々のお力添えがあってこそです。今回ご担当いただいた、説話社の加藤様、三好様、美麗なカバーイラストを描いてくださった黒田うらら様（今回はなんとヒーローにお顔が！）。皆様のおかげで、素敵な書籍が完成いたしました。本当にありがとうございます。

最後になりますが、読んでくださった皆様、いつも感謝の気持ちでいっぱいです。読者の皆様の存在が執筆を続ける活力。この場をお借りして心からお礼申し上げます。

また次作でお目にかかれることを祈りつつ……。本当にありがとうございました。

紅《くれない》カオル

紅カオル先生への
ファンレターのあて先

〒104-0031
東京都中央区京橋1-3-1
八重洲口大栄ビル7F
スターツ出版株式会社　書籍編集部　気付

紅カオル先生

本書へのご意見をお聞かせください

お買い上げいただき、ありがとうございます。
今後の編集の参考にさせていただきますので、
アンケートにお答えいただければ幸いです。

下記URLまたはQRコードから
アンケートページへお入りください。
http://www.berrys-cafe.jp/static/etc/bb

ベリーズ文庫

この物語はフィクションであり、
実在の人物・団体等には一切関係ありません。
本書の無断複写・転載を禁じます。

クールな御曹司の甘すぎる独占愛

2019年1月10日　初版第1刷発行

著　　者　紅カオル
©Kaoru Kurenai 2019

発 行 人　松島 滋

デザイン　カバー　根本直子
フォーマット hive & co.,ltd.

校　　正　株式会社　文字工房燦光

編　　集　加藤ゆりの　三好技知（ともに説話社）

編集協力　後藤理恵

発 行 所　スターツ出版株式会社
〒104-0031
東京都中央区京橋1-3-1　八重洲口大栄ビル7F
TEL　販売部　03-6202-0386（ご注文等に関するお問い合わせ）
URL　http://starts-pub.jp/

印 刷 所　大日本印刷株式会社

Printed in Japan

乱丁・落丁などの不良品はお取替えいたします。
上記販売部までお問い合わせください。
定価はカバーに記載されています。

ISBN 978-4-8137-0601-4　C0193

ベリーズ文庫 2019年1月発売

『授かり婚～月満チテ、恋ニナル～』 水守《みずもり》恵蓮《えれん》・著

事務OLの莉緒は、先輩である社内人気ナンバー1の来栖にずっと片思い中。ある日、ひょんなことから来栖と一夜を共にしてしまう。すると翌月、妊娠発覚!? 戸惑う莉緒に来栖はもちろんプロポーズ！　同居、結婚、出産準備と段階を踏むうちに、ふたりの距離はどんどん縮まっていき…。順序逆転の焦れ甘ラブ。

ISBN 978-4-8137-0599-4／定価：本体650円＋税

『イジワル御曹司様に今宵も愛でられています』 美森《みもり》萠《めぐむ》・著

父親の病気と就職予定だった会社の倒産で、人生どん底の結月。ある日、華道界のプリンス・智明と出会い、彼のアシスタントをすることに！　最初は上品な紳士だと思っていたのに、彼の本性はとってもイジワル。かと思えば、突然甘やかしてきたりと、結月は彼の裏腹な溺愛に次第に翻弄されていき…。

ISBN 978-4-8137-0600-7／定価：本体640円＋税

『クールな御曹司の甘すぎる独占愛』 紅《くれない》カオル・著

老舗和菓子店の娘・奈々は、親から店を継いだものの業績は右肩下がり。そんなある日、眉目秀麗な大手コンサル会社の支社長・晶と偶然知り合い、無償で相談に乗ってもらえることに。高級レストランや料亭に連れていかれ、経営の勉強かと思いきや、甘く口説かれ「絶対にキミを落とす」とキスされて…!?

ISBN 978-4-8137-0601-4／定価：本体650円＋税

『お見合い相手は俺様専務!?（仮）新婚生活はじめます』 藍里《あいさと》まめ・著

OL・莉子は、両親にお見合い話を進められる。無理やり断るが、なんとお見合いの相手は莉子が務める会社の専務・彰人で!?　クビを覚悟する莉子だが、「お前を俺に惚れさせてからふってやる」と挑発され、互いのことを知るために期間限定で同居をすることに!?　イジワルに翻弄され、莉子はタジタジで…。

ISBN 978-4-8137-0602-1／定価：本体630円＋税

『誘惑前夜～極あま弁護士の溺愛ルームシェア～』 あさぎ千夜春《ちよはる》・著

食堂で働く小春は、店が閉店することになり行き場をなくしてしまう。すると店の常連であるイケメン弁護士・閑が、「俺の部屋に来ればいい」とまさかの同居を提案！　しかも、お酒の勢いで一夜を共にしてしまい…。「俺に火をつけたことは覚悟して」――以来、閑の独占欲たっぷりの溺愛が始まって…!?

ISBN 978-4-8137-0603-8／定価：本体640円＋税

タイトル、価格等は変更になることがございますのでご了承ください。

ベリーズ文庫 2019年1月発売

『国王陛下は純潔乙女を独占愛で染め上げたい』 星野《ほしの》あたる・著

ウェスタ国に生まれた少女レアは、父の借金のかたに、奴隷として神殿に売られてしまう。純潔であることを義務づけられ巫女となった彼女は、恋愛厳禁。ところが王宮に迷い込み、息を呑むほど美しい王マルスに見初められる。禁断の恋の相手から強引に迫られ、レアの心は翻弄されていき…!?

ISBN 978-4-8137-0604-5／定価：本体650円＋税

『なりゆき皇妃の異世界後宮物語』 及川《おいかわ》 桜《さくら》・著

人の心の声が聴こえる町娘の朱熹。ある日、皇帝・曙光に献上する食物に毒を仕込んだ犯人の声を聴いてしまう。投獄を覚悟し、曙光にそのことを伝えると…「俺の妻になれ」――朱熹の能力を見込んだ曙光から、まさかの結婚宣言!?　互いの身を守るため、愛妻のふりをしながら後宮に渦巻く陰謀を暴きます…！

ISBN 978-4-8137-0605-2／定価：本体620円＋税

『異世界で、なんちゃって王宮ナースになりました。』 涙鳴《るいな》・著

看護師の若菜は末期がん患者を看取った瞬間…気づいたらそこは戦場だった！　突然のことに驚くも、負傷者を放っておけないと手当てを始める。助けた男性は第二王子のシェイドで、そのまま彼のもとで看護師として働くことに。元の世界に戻りたいけど、シェイドと離れたくない…。若菜の運命はどうなる?

ISBN 978-4-8137-0606-9／定価：本体660円＋税

ベリーズ文庫 2019年2月発売予定

Now Printing

『王様の言うとおり』 夏雪《なつゆき》なつめ・著

仕事も見た目も手を抜かない、完璧女を演じる彩和。しかし、本性は超オタク。ある日ひょんなことから、その秘密を社内人気ナンバー1の津ケ谷に知られてしまう。すると、王子様だった彼が豹変！ 秘密を守るかわりに出された条件はなんと、偽装結婚。強引に始まった腹黒王子との新婚生活は予想外の甘さで…。

ISBN 978-4-8137-0617-5／予価600円＋税

Now Printing

『恋する診察』 佐倉《さくら》ミズキ・著

OLの里桜は、残業の疲れから自宅マンションの前で倒れてしまう。近くの病院に運ばれ目覚めると、そこにいたのはイケメンだけどズケズケとものを言う不愛想な院長・藤堂。しかも、彼は里桜の部屋の隣に住んでいることが発覚。警戒する里桜だけど、なにかとちょっかいをかけてくる藤堂に翻弄されていき…。

ISBN 978-4-8137-0618-2／予価600円＋税

Now Printing

『年下御曹司の熱烈求愛に本気で困っています！』 砂川雨路《すながわあめみち》・著

OLの真純は恋人に浮気されて別れた日に"フリーハグ"をしていた若い男性に抱きしめられ、温もりに思わず涙。数日後、社長の息子が真純の部下として配属。なんとその御曹司・孝太郎は、あの日抱きしめてくれた彼だった！ それ以降、真純がどれだけ突っぱねても、彼からの猛アタックは止まることがなく…⁉

ISBN 978-4-8137-0619-9／予価600円＋税

Now Printing

『十年越しの片想い』 田崎《たさき》くるみ・著

28歳の環奈は、祖母が運び込まれた病院で高校の同級生・真太郎に遭遇。彼はこの病院の御曹司で外科医として働いており、再会をきっかけに、ふたりきりで会うように。出かけるたびに「ずっと好きだった。絶対に振り向かせる」と、まさかの熱烈アプローチ！ 昔とは違い、甘くて色気たっぷりな彼にドキドキして…。

ISBN 978-4-8137-0620-5／予価600円＋税

Now Printing

『俺だけ見てろよ ～御曹司といきなり新婚生活⁉～』 佐倉《さくら》伊織《いおり》・著

偽装華やかOLの鈴乃は、ある日突然、王子様と呼ばれる渡会に助けられ、食事に誘われる。密かにウエディングドレスを着ることに憧れていると吐露すると「俺が叶えてやるよ」と突然プロポーズ⁉ いきなり新婚生活をおくることに。鈴野は戸惑うも、ありのままの自分を受け入れてくれる渡会に次第に惹かれていって…。

ISBN 978-4-8137-0621-2／予価600円＋税

タイトル、価格等は変更になることがございますのでご了承ください。

ベリーズ文庫 2019年2月発売予定

『転生令嬢の幸福論』 吉澤《よしざわ》紗《さ》矢《や》・著

Now Printing

婚約者の浮気現場を目撃した瞬間、意識を失い…目覚めると日本人だった前世の記憶を取り戻した令嬢・エリカ。結婚を諦め、移り住んだ村で温泉を発掘。前世の記憶を活かして、盗賊から逃げてきた男性・ライと一大温泉リゾートを開発する。ライと仲良くなるも、実は彼は隣国の次期国王候補で、自国に戻ることに。温泉経営は順調だけど、思い出すのはライのことばかりで…!?

ISBN 978-4-8137-0622-9／予価600円＋税

『しあわせ食堂の異世界ご飯3』 ぷにちゃん・著

Now Printing

料理が得意な女の子が、突然王女・アリアに転生!?　ひょんなことからお料理スキルを生かし、『しあわせ食堂』のシェフとして働くことに。アリアの作る絶品料理は冷酷な皇帝・リントの胃袋を掴み、彼の花嫁候補に!?　そんなある日、アリアの弟子になりたい小さな女の子が現れて!?　人気シリーズ、待望の3巻！

ISBN　978-4-8137-0623-6／予価600円＋税

電子書籍限定

恋にはいろんな色がある。

マカロン文庫 大人気発売中!

通勤中やお休み前のちょっとした時間に楽しめる電子書籍レーベル『マカロン文庫』より、毎月続々と新刊発売中! 大好きな人に溺愛されるようなハッピーな恋から、なにげない日常に幸せを感じるほのぼのした恋、届かない想いに胸が苦しくなる切ない恋まで、そのときの気分にピッタリな恋が見つかるはず。

[話題の人気作品]

「こんな反抗的になるとは。一から躾けし直しかな」

『【極上御曹司シリーズ2】腹黒御曹司は独占欲をこじらせている』
水守恵蓮・著 定価:本体400円+税

敏腕社長に今日もオフィスで色気たっぷりに愛を囁かれて…。

『俺様社長はウブな許婚を愛しすぎる』
田崎くるみ・著 定価:本体400円+税

御曹司から独占欲たっぷりに愛され、絆されてしまい…。

『一途な御曹司に愛されすぎてます』
岩長咲耶・著 定価:本体400円+税

「お前は私のものだ……誰にも渡したくない」

『国王陛下はウブな新妻を甘やかしたい』
夢野美紗・著 定価:本体500円+税

各電子書店で販売中

電子書店パピレス honto amazonkindle BookLive! Rakuten kobo どこでも読書

詳しくは、ベリーズカフェをチェック!
小説サイト Berry's Cafe
http://www.berrys-cafe.jp
マカロン文庫編集部のTwitterをフォローしよう
@Macaron_edit 毎月の新刊情報をつぶやきます♪

Berry's COMICS
ベリーズコミックス

各電子書店で
単体タイトル
好評発売中!

『ドキドキする恋、あります。』

NEW

『無口な彼が残業する理由①~⑥』[完]
作画:赤羽チカ
原作:坂井志緒

NEW

『クールな同期の独占愛②』
作画:白藤
原作:pinori

NEW

『箱入り娘ですが、契約恋愛はじめました①』
作画:青井はな
原作:砂川雨路

NEW

『エリート専務の甘い策略①』
作画:ましろ雪
原作:滝井みらん

NEW

『上司とヒミツの社外恋愛①』
作画:よしのずな
原作:春奈真実

NEW

『溺甘スイートルーム①』
作画:ふじい碧
原作:佐倉伊織

『俺様副社長に捕まりました。①~④』[完]
作画:石川ユキ
原作:望月沙菜

『専務が私を追ってくる!①~③』[完]
作画:森 千紗
原作:坂井志緒

電子コミック誌

comic Berry's
コミックベリーズ

各電子書店で発売!

他全33作品

毎月第1・3金曜日配信予定

amazonkindle | コミックシーモア | Renta! | dブック | ブックパス 他

小説サイト
Berry's Cafeの人気作品がボイスドラマ化！
豪華声優陣が出演!!
溺愛ボイスドラマ×ベリーズ男子
俺様すぎる強引社長
CV:増田俊樹
『キミは許婚』
by 春奈真実
とことん溺甘！グイグイ秘書室室長
CV:梅原裕一郎
『秘書室室長がグイグイ迫ってきます！』by 佐倉伊織
隠れドS!?溺愛系御曹司
CV:石川界人
『副社長は溺愛御曹司』
by 西ナナヲ
1話はすべて完全無料！
App Store からダウンロード
Google Play で手に入れよう
アプリストアまたはウェブブラウザで
ベリーズ男子 検索
【全話購入特典】
・特別ボイスドラマ
・ベリーズカフェで読める書き下ろしアフターストーリー
最新情報は公式サイトをチェック！
※AppleおよびAppleロゴは米国その他の国で登録されたApple Inc.の商標です。App StoreはApple Inc.のサービスマークです。※Google PlayおよびGoogle Playロゴは、Google LLCの商標です。